离乡人

张泉 著

DIXIE W PUBLISHING CORPORATION　U.S.A.
美国南方出版社

离乡人 / 张泉 著

责任编辑：周景玲
封面设计：张龙道
版面设计：张龙道

Expatriates © 2019 by Quan Zhang

Published by Dixie W Publishing Corporation
Montgomery, Alabama, U.S.A.
http://www.dixiewpublishing.com

All rights reserved.
No part of this book may be reproduced in any form or by any electronic or mechanical means including information storage and retrieval systems, without permission in writing from the publisher. The only exception is by a reviewer, who may quote short excerpts in a review.

本书由美国南方出版社出版
▪版权所有　侵权必究▪
2019 年 8 月 DWPC 第一版

Library of Congress Control Number: 2019948114
美国国会图书馆编目号码：2019948114

ISBN-13: 978-1-68372-208-3
ISBN-10: 1-68372-208-6

目　录

序 v
小说简介 ix

第一章　湖边公馆 1
第二章　泗渡越境 6
第三章　叛逃香港 15
第四章　火红年代 22
第五章　同甘共苦 32
第六章　蹉跎岁月 41
第七章　凄风苦雨 49
第八章　定居美国 56
第九章　工地风波 62
第十章　海外学子 71
第十一章　敲诈勒索 82
第十二章　投机钻营 92
第十三章　风雨飘摇 100
第十四章　化险为夷 109
第十五章　梦断魂劳 118

读者反馈 131
作者简介 133

献给：为生存而旅居海外、辛勤劳作、
自食其力、忍辱负重的离乡人

缅怀与悼念六·四惨案罹难者
三十周年纪念

序

一九七五年至一九九五年间，约五十万中国人从大陆、香港、台湾移民到美国。其中包括一九九三年获准在美永久居留的大陆学生、学者以及他们的配偶和孩子十万多人。那时很少有文学作品反映这些新移民在中国大陆的经历和在美国的新生活。

一九九六年我用英文写了一部题名为《Three-Legged Red-Crowned Crane》自传体小说，后改名为《Expatriates》。写这部小说的起因是一项豪宅水暖管道安装工程。在这项工程中，因对工作的态度不同，三位来自大陆但却有不同背景、不同经历的参与者发生了一系列不可调和的矛盾和冲突。工程历时一个半月结束，但其间经历的种种不快仍历历在目。于是我拿起笔写了这部小说，以此展现留美大陆人20世纪90年代为在美生存所选择的不同道路和手段：有的选择辛勤劳作、自食其力、忍辱负重；有的却投机钻营、欺诈勒索、横行霸道。

《Expatriates》的部分章节，随着我1995年写的英文短篇小说的发表，被断断续续地接受登载。第二章"Flight"（"泅渡越境"）被加拿大 *Christian Courier*《基督信使》接受并发表在1999年6月28日刊。[1]

---

[1] "Flight," the June 18, 1999 (No.2615) issue of Christian Courier, also accepted by The Banner。"泅渡越境，"《基督信使》1999年6月28日刊

第三章"Defection"("叛逃香港")被 Words of Wisdom《智慧的语言》接受并发表在 1999 年 9 月刊。 ²

第十四章"Inspection"("验工")被 Red Rock Review《红磐石文学》接受并登载在 2001 年冬季刊。 ³

---

² "Defection," the September 1999 (Vol.19 No.2) issue of Words of Wisdom "叛逃,"《智慧的语言》1999 年 9 月刊

第十五章"Boomerang"("梦断魂劳")被 The Long Story《中篇小说》接受并登载在 2000 年 3 月刊。[4]

1996 年 6 月英文《Expatriates》完稿。为了使这本小说能与中文读者见面,我逐章把它译成中文《离乡人》,并做了适当的修改。翻译期间,我在寓所附近的弗雷德－迈尔超市鞋店做了三个多月的出纳。这期间,周末工余,我完成了翻译《Expatriates》的全部工作,并把它修改成了七万字的中文小说《离乡人》。

《离乡人》因涉及六・四惨案,加上原文的构思和写作对象是英文读者,中文译文读起来颇为绕口,所以我就把它搁置在一旁了。没想这一搁就是近四分之一世纪。直到去年撰写回忆录《五零后的回眸》时,才想起了这部小说。

我在《五零后的回眸》下卷"二二八纪念碑"中提道:2013 年 4 月我和妻子有机会参观了位于台北市中正区二二八纪念公园。1947 年在台湾发生的二二八惨案的来龙去脉,事

---

[4] "Boomerang," the March 2000 (No.18) issue of The Long Story "梦断魂劳"《中篇小说》2000 年 3 月刊

发五十年后，1995年树立在台北二二八和平纪念公园的纪念碑碑文上有详细记载。最后两段是这样写的：

　　斯后近半世纪，台湾长期戒严，朝野噤若寒蝉，莫敢触及此一禁忌。然冤屈郁积，终须宣泄，省籍猜忌与统独争议，尤属隐忧。一九八七年解严后，各界深感沉疴不治，安和难产，乃有二二八事件之调查研究，国家元首之致歉，受难者与其家属之补偿，以及纪念碑之建立，疗愈社会巨创，有赖全民共尽心力。

　　勒石镌文，旨在告慰亡者之天灵，平抚受难者及其家属悲愤之情，并警示国人，引为殷鉴。自今而后，无分你我，凝为一体，互助以爱，相待以诚，化仇恨于无形，肇和平于永远。天佑宝岛，万古长青。[5]

　　伫立在台北二二八和平纪念公园的纪念碑前，低头沉思。何时能在北京天安门广场上竖立一个缅怀与悼念六·四罹难者的纪念碑？三十年过去了，我开始怀疑。再过二十年，我们能像台湾同胞那样面对历史悲剧，承认历史过错，在缅怀与悼念六·四罹难者中记取历史教训？

　　今年是六·四惨案三十周年，我不想让《离乡人》再继续沉默下去了。小说大部分情节是我们那个时代生活真实的写照。在此，我郑重声明：这是一部虚构文学作品。人物，名称，地点和事件是作者虚构想象的产物。任何与实际事件或场所或生活或死亡人员的相似之处完全是巧合。

　　现在出版此书，我愿与读者一同怀念那随风渐远的过去。

---

[5] 摘自张泉《紫藤簃》(林本源家族训眉记纪事散文) 人民东方出版社 2017年，192-198页。参考张泉《五零后的回眸》美国南方出版社 2018年，236-238页。

第一章 湖边公馆

美国西雅图华盛顿湖边一座三层楼公馆正在兴建中。这座楼式公馆的设计包括三间备有按摩浴缸的大卧室，六间中型自备浴室的卧房，一个能容纳六辆汽车的车库和三角形加热户外游泳池。

不知道哪阵风把韩江卷进了这项修建公馆的工程。这些年韩江在大陆、英国和美国受的教育看起来和这项修建工程根本沾不上边。可来西雅图半年快过去了，工作还是没有门路。一九九五年圣诞节前的一个霜冻的晚上，教会一位做水暖工的好友姚陆生打来电话问他是否愿意帮他为一家新豪宅安装水暖管道。韩江不加思索地答应下来。放下电话，韩江感慨万分。想起弱冠之年下乡插队当知青；二十年后，经过十多年"浴血奋战"，过五关斩六将：国内大学毕业、留英取得硕士、留美取得博士；现而立之年，为在异国他乡生活，四十四的他要做水暖工助手了。唉！对姚陆生，韩江还是很感激的，但感伤的心情却总是挥之不去。

韩江第一次来到华盛顿湖边的工地时，整栋三层楼的四面胶合板壁上刚刚喷涂过一层半寸厚的水泥。灰色的水泥墙，红色的瓦顶，整栋楼宇从远处望去，像一尊畸形卧式的丹顶鹤。

走进楼里，鹤架暴露无遗。成百上千根两寸厚、四寸宽的木条鳞次栉比，排列有序地组隔厅室和构筑走廊。数以千计的椽子纵横交错地架在主梁侧檩上，支撑屋顶，承载楼板。楼两侧的楼梯还没有安装扶手。墙壁四周的落地式滑动双层玻璃门、窗户以及全天向东敞开着的正门和车库大门，使人感觉这座空空荡荡的公寓冷若冰宫。

　　灰鹤的背后是一座年久失修的老房，屋顶没有瓦片遮挡雨水，部分顶棚已开始塌陷下来。漏进屋内的雨水，弄得地面又湿又滑，四周的墙壁也都发了霉。老房没有拆，留下暂做了工棚。老房内的厨房是平时工人热菜、吃饭的地方。这个厨房脏得吓人，炉台上、柜橱里、案板上，到处都有耗子屎和爬行的蟑螂。为了取暖驱潮，厨房一角的壁炉里总是烧着从工地捡回来的烂木头。幸好塌陷的屋顶漏风，不然的话，烧烂木头的烟、人抽的烟、热菜的烟，再交杂着老房长期没打扫厕所的臭味和腐烂发霉的垃圾味，活活能把人熏死。

　　出工的第一天，韩江早上五点钟就起床了。随便吃了点东西后，便坐进姚陆生来接他的车里去往工地。雨雪把路面弄得又湿又滑，车没开多远就被堵在路上了。不到二十里的路程，竟开了一个多小时。到了工地，其他四位工友，两个中国人，两个越南人，已开始砰砰梆梆地干起活来。

　　安装水管比韩江想象的复杂得多。它不仅需要技术同时还需要体力。把工具箱从车上拖下来运到二层楼，他已累得上气不接下气。安装水管的工作大量是在梯子上进行的。安装前要根据水管的粗细大小，在支撑胶合板墙的木条上或在承载地板的缘木上钻孔打眼。常用的工具是提携式电锯和手钻。韩江最怵的要数电锯。一听到那高频率的尖叫声，他浑身不由自主地打战。但只有电锯才能切割四寸以上的洞孔。韩江花了一整天时间摆弄这些可怕的电器工具。

　　姚陆生一直攀悬在折叠梯上，不停地丈量着各种水管的尺寸方位。他一边钻孔锯洞，一边熟练地安接冷热水管和排气、排水管道。他做工轻松愉快，嘴里不停地哼着圣歌。韩江有问题时，他便停下手中的活儿，帮助韩江并告诉他一些工作要领。

傍晚，师徒二人开始收工。一天下来两人都有些累了。刚要离开二楼时，楼下传来闹声。一个人扯着嗓子，用混杂着浓重河南口音的英文大声训斥着在楼下车库里做工的木匠。

"谁他娘的让你们这么干的？你们知道我在这房子上花了多少钱吗？谁他娘的误了我的工，我跟谁没完！"

姚陆生小声地告诉韩江，房子主人来了。

"这房主是中国人？"

话音未落，一位五十开外，高个头、小眼睛的男人，喘着粗气出现在姚陆生和韩江面前。这人身穿棕色绒线毛衣，深褐色纯毛尼裤，头顶一副兰绒鸭舌帽，脚踏一双黑皮鞋，披着一件浅灰短大衣。脚跟未稳，他已眯起一条缝的小眼审察胶合板墙和顶棚缘木上所钻的每一个孔、每一个洞和安装好了的每根管道。突然，他的视线停留在地板上，土灰色的长脸一下变成酱紫色的猪肝。

"这他娘的像什么话！把咱的地板糟蹋成什么样子了！你知道我在这房子上花了多少钱吗？"房主继续用他不伦不类的河南英语喊叫着。

"黄先生，话可不能这样说。三个月前，是你亲口答应在封闭地板前给我打电话的。"姚陆生操着广东口音的普通话说。

"给你打电话？你算老几！你是个水管工，你自己不来工地看，还要让人打电话请你？"房主从他那拙劣的河南英文转成河南话。"我给你打电话？荒唐！你是什么人啊！你给我听好了，糟践了我的地板，你想赖也赖不掉。等完活儿后，我再跟你算账！"说完转身上了楼梯。

韩江被这突如其来的场面弄得目瞪口呆。他像是经历了一场台风的洗劫，先是狂风大作，然后是电闪雷鸣，转眼间，戛然而止。只有余声在耳边隆隆作响。惊讶与愤怒使韩江觉得头晕目眩。姚陆生在一旁小声地说："算了吧，和这种人争，不值得。"

"值不值得，也不能张口骂人、不讲理啊！"韩江气愤地说。"不管是谁，说话总不能不干不净！"

"别为这生气，韩江。该回家了。"姚陆生说完，提起沉重的电钻箱朝楼下走去。

韩江拿起他的工具，转身正要下楼时，看见客厅地板上有一叠铺开的设计图。做工时，经过这里不知多少次，都没引起他对图纸的注意。现在就不同了。韩江放下手里提的工具，从楼梯口转向客厅，进厅后蹲在图纸面前仔细翻看。

每页图纸的顶端上都印有"巴里黄公馆"的字样。韩江知道，这所公馆所处的地段是西雅图地价最高的区域之一。图纸上标明，这栋楼占据一百米长的湖边，室内面积近一万平方米。

"巴里黄到底是什么人？"韩江一坐进姚陆生的车就开始发问。

"我也不清楚。只知道二十年前他来西雅图时在中餐馆洗过碗、打过杂。以后他买了不少房地产。"姚陆生边开车边回答。

"你怎么认识他的呢？"韩江接着问，生怕他的朋友把嘴闭起来。

"三个月前，一位朋友把我介绍给巴里黄。他那时在找有执照的暖水工。他叫我去招标，我出了个价。一星期后，我们就签了合同。"

"可这人明显不是好东西！"

"也许他并没有我们想象的那么坏，"姚陆生低声说道。

韩江心里憋闷。他知道姚陆生总是把别人想得太好。

韩江是个不怕吃苦的人。二十多年前中学毕业后，他去延安插队落户，干了多年的庄稼活儿。吃苦对他来说算不了什么。特别是能为姚陆生这样的朋友帮忙，再苦韩江也不会在乎的。要不是姚陆生的缘故，韩江绝对不会买巴里黄的账。

一想到姚陆生的处境，韩江心里无法平静。他的朋友已历经了人生不少的磨难。在过去的二十多年里，姚陆生在广东农村插队务农六年，后冒着生命危险从厚海湾泅渡到香港。在那里，他在餐馆打过工，在实验室里做过清扫，在维修店里修过电器。移民到西雅图后，他又在造船厂做了十多年的水暖工。九十年代初，冷战结束，船厂倒闭，姚陆生失了业。后来他考取了水暖工执照后，并自己开了家装修水暖的小公司。三年来生意不错。

姚陆生的车不知什么时候已停在韩江家的门口。韩江机械地拎起饭盒和水壶下了车。关门之际，他转身问姚陆生：

"这差事还能退掉吗？"

"太晚了！签了合同就只好干下去了。"

"糟糕！"韩江暗叫，顺手关了车门。

"别担心，韩江，我们俩可以对付得了。"姚陆生从半开的车窗向正朝家门口走去的韩江说道。

"我明天来接你，还是老时间。"

韩江回过身无奈地点点头。姚陆生把车倒了九十度弯，然后向黑夜中驶去。

第二章　泅渡越境

整整四天了，姚陆生和同村的两位农民沿着水田的地坎和山岭上的羊肠小道悄悄地向广东省南部深圳一个叫车公庙的小镇迂回进发。小镇的南边紧挨着厚海湾。海湾的对岸是个渔村叫尖鼻咀，是香港新界属地。

这是姚陆生的第二次越境尝试。去年七月，他和另外四位同村的年轻人一道在深圳和新界交界处试过一次。他从朋友那儿里听到了许多如何越境的常识。比如从沙坪村到深圳沿途要经过哪些村镇，每个村镇驻扎多少军队和民兵等。为了越境，他们自制了地图，并用刮胡子刀片和衣服上的铜纽扣做了指南针。

姚陆生还记得那天晚上他们穿过稻田和沼泽地后的情景。那天晚上和这天晚上的情形如此相像。四周除了田里的青蛙在叫外，没有任何其他声音。黑暗中，他们隐约可以看见六尺高的铁丝网和岗楼。岗楼上装有高压探照灯。夜过五更，他们正准备从沟堑里爬出来时，一群训练有素的军犬突然出现在他们面前，将他们团团围住。姚陆生还没反应过来时，一只狼狗已经咬到他的臀部。剧烈的疼痛使姚陆生难以行走。同村另一位农民的左脚脖子被狗咬断，流血不止，后来落下终身残疾。

姚陆生和同村的人全部被抓获，一起被关进深圳的一个军营里。一个月后，他们被武装押送回距深圳五十里外的沙坪村。回村后，他们被拉到打稻场上批斗。作为越境主谋，姚陆生被单独囚禁在一间斗室大的牲口饲料棚。一星期获释后，又被强劳了两个多月。那年姚陆生才二十二岁。

被关进饲料棚的那段时间，姚陆生下决心从海上泅渡到香港新界。在深圳军营的那一个月里，他从同牢的狱友那里学到了许多有关偷渡的新知识。大家一致认为，泅渡虽最危险，但只要把握好时机，成功率最高。夏天水温高，鲨鱼少，是泅渡的最佳季节。当姚陆生两个月强劳期满后，夏季已过。秋季是鲨鱼在海湾游荡觅食的季节，姚陆生不得不暂时放弃泅渡越境的计划。

姚陆生耐着性子默默地等来了一九七四年的夏天。他知道这恐怕是他最后一次机会了。香港政府已决定那年的夏末秋初不再接受从大陆逃出来的难民。姚陆生和同乡把泅渡过海的日子订在了八月二日。四天来，他们白天躲在山脚下灌木丛里，夜里再向厚海湾方向悄悄进发。为了便于徒步旅行，他们随身仅仅携带了些干炒面和咸菜。现在这些干粮已快吃完，大家的体力也已消耗了许多。

此时此刻，姚陆生忧虑的不是这个，而是人数的增加。前天晚上，他们在路上遇到另外三个从邻近公社跑出来的年轻人。人多容易暴露目标。但谁都知道这也许是他们最后的一次机会了。无奈，姚陆生只好同意让他们入伙儿。现在姚陆生开始怀疑这个决定的可行性。特别是一想到那位骨瘦如柴的女青年，姚陆生不由得紧锁双眉。她怎么能游得了那么长距离的海湾呢？姚陆生对自己都没有把握。四天的徒步奔波，已使身强力壮的他感觉疲惫不堪，更何况那位瘦弱的女孩子。

夜幕终于徐徐降临下来。田间的青蛙又一次拉开了歌咏比赛的序幕。一缕清风扫过灌木丛,叶子沙沙作响。姚陆生闻到海水的味道。他的心开始骚动了。到海边仅仅一个小时的路程。如果一切顺利的话,天明前他们就会游到海湾的对岸。

在寂静的夜里,姚陆生好像听到山坡上有人走动的声音。向同伴报警已来不及了,山坡上传来一个粗壮的男人声音:

"想活命的就别乱动!"话音未落,姚陆生听到拉枪栓的声音。

"听好了,一个个给我乖乖地举手站出来!耍花招的记着,枪子儿可没长眼!"

姚陆生绝望了。他最担心的事发生了。而且是第二次发生。他的喉咙发热,浑身颤抖,双腿不听使唤。当手电光扫过遮掩他的灌木丛时,他的脑子里除了恐惧外已没了主意。

"听好了,我数到五,不出来,可别怪我不客气!"声音停顿片刻后,便开始数起数来:

"一、二、三、四"

"等一等!"一个姑娘的声音从姚陆生背后的灌木丛中传了出来。随着话音,那位瘦小的女青年从灌木丛后走出来。手电光下,她是那样年轻、憔悴,两条辫子拖在脑后,一个旧绿书包和一只铝制水壶交叉地挎在一件浅蓝色衬衣的胸前,像是一个刚毕业的中学生。当手电光聚集在她身上的时候,她突然双膝跪在地上:

"大哥哥、大姐姐们,"她哀求道,"请给我们一条生路吧!如果我们有别的法活,我们绝不会走这条路的。放了我们吧!"说着,她放声大哭起来。在场的人无不被她的举动所震惊。

"队长,这是怎么回事?"一个年轻人颤抖的声音从坡上传了下来。"我们不能开枪杀这样的人吧!"

"住口!谁说开枪杀人啦?"

女青年迎着手电光,抬起泪痕满面的脸。她紧闭双眼,用柔和的广东话背诵了一首姚陆生好像在哪儿听过的诗篇:

"耶和华是我的牧者,我必不至缺乏。

他使我躺卧在青草地上,领我到可安歇的水边。

他使我的灵魂苏醒,为自己的名引导我走义路。

我虽然行过死荫的幽谷,也不怕遭害;因为你与我同在,你的杖,你的杆,都安慰我……"

"队长,她在念咒!"一个粗鲁的声音打断了女青年的咏诵。

"趁早放了他们算了,免得沾上不吉利的事儿"那位年轻人接着讲。

"真邪了,咱这辈子也没碰上这种邪事!"那位被大家称呼为队长的人自言自语道。

"好心的队长大哥,求你给我们一条生路吧!"女青年继续恳求道,"上帝会报答你今晚行的善事。"

"都听好了!"队长拉开了嗓门儿,"把你们随身带的值钱的东西都给我放在明处。"

他的话音刚落,女青年第一个站起来,从身上解下背包和水壶,把它们轻轻放在手电光照着的地上。姚陆生也走出了灌木丛。他从包里掏出剩下的干粮和一个闹钟,把它们留在地上。一个接着一个,所有躲藏在灌木丛中的人都走了出来,并交出了他们所带的东西,包括仅有的几张香港纸币和几只旧手表。

"听好了!"队长开了腔,"朝前直走。不远有条靠右手的小路。沿着那条路,保你们很快到达海边。现在就走!"

"多谢队长大哥，多谢各位的帮助！"女青年流着泪向队长告辞。然后转身朝着队长指的小路走去。姚陆生和其余的人跟在后面。

姚陆生不敢相信眼前所发生的事。在他们快步穿过树丛朝那条小路走的一刹那，他还在担心岭上的那些人会开枪打他们。但事实上并没有枪响。姚陆生开始思量走在他前面的女青年以及他们奇迹般脱险的经历。他的思绪很乱，总是想不起在什么地方曾听过那首诗篇。

"文兰，多亏你为我们求情，不然的话我们早就没命啦。"一位前天晚上入伙的年轻人说。他擦过姚陆生跑到走在前面的女青年身边。

原来她叫文兰，姚陆生暗自思忖。

"梁大哥，我不过是照着阿芳姐说的做了。临走前，她告诉我，如果我能用心记住这首诗篇里的每一句话，无论发生什么都不用害怕。"

"看来是阿芳姐的诗救了大家！"梁大哥感叹道。

"那诗也不是阿芳姐作的。是圣经诗篇二十三篇。"

姚陆生猛然想起来了。那还是多少年前"文革"刚开始时的事，那年他才十五岁。他记得一群人围在他姑婆的院子里。他的二叔当众勒令姑婆放弃她的宗教信仰并焚烧她那本爱不释手的圣经。姑婆拒绝从命，二叔气急败坏，一把将她按在一堆碎玻璃喳儿上。姚陆生还记得鲜血从姑婆的双膝流到碎玻璃上。姑婆嘴里吟诵的诗就是文兰刚才所提到的诗篇二十三篇。

"兴许我们也应该记住这首诗歌，"梁大哥的提议打断了姚陆生的回忆。

"或许它能帮我们渡过厚海湾，"一位走在后面的人应和着。

文兰开始一字一句地教大家背诵诗篇，姚陆生也跟着一起用心去记：

"耶和华是我的牧者，我必不至缺乏……"

从这首诗里姚陆生感觉到一种说不出来的安慰，使他暂时忘却了即将来临的，也是他盼望已久、凶吉难测的越境泅渡。

脚下的小路不知什么时候消失了。走过一段沙滩后，眼前呈现出一片波涛翻腾、浩瀚无边的黑色海洋。浪花在月光下有节奏地击打着沙石，岸边发出阵阵响声。这就是远近驰名的厚海湾。它曾救助过无数逃难到香港的大陆人，也曾吞噬掉许多人的生命。

看着眼前黑汪汪、动荡不定的海水，姚陆生不由地倒吸了一口凉气。父亲劝他不要再冒险的训戒又一次在耳边响起。他知道，走回头路只会给他绝望。但这一走，也许他再也看不到亲人和朋友了。

为了泅渡，姚陆生和他的同伴们每人随身带了一个可充气的塑料枕头。姚陆生做好自己的事后，便去查看其他人的气枕。一切就绪，该下水啦。

"记着，我们每一个人都有你我在周围，"面对着同伴，姚陆生第一次开了口。"朝着对岸的灯光往前游，不要用力过猛，以免过早消耗掉体力。凡事不要惊慌，互相有个照应。"

姚陆生讲完话后，同伴们一个接着一个地向海里走去。姚陆生默默把鞋脱掉留在岸边。夜里空气闷热。一进海水，顿时感到明显的温差。海浪并没有像在岸上看上去那样可怕。随着波浪的滚动，姚陆生一行六人无声地向对岸的灯光游去。梁大哥领头，姚陆生断后。

半小时后，天开始下起小雨。

"陆生，下雨咋办？"同乡闫三发问道。他游在姚陆生前面。闫三水性虽好，但姚陆生知道他没有任何心理准备。闫三一直以为泅渡是件侥幸的儿戏，万一游到香港，碰上好运，兴许能发一笔横财。从他的声音里，姚陆生知道闫三有些后怕。

"下雨对我们有好处，"姚陆生安慰道，"巡逻艇不容易发现我们。"

小雨渐渐转成阵雨，海浪开始翻腾起来。随着浪花的冲击，他们每个人像小舢板一样在浪尖上起伏不定。和海浪拼搏一阵子后，姚陆生开始感觉双肩沉重无力，不听使唤。体力消耗这样早是很危险的。不知什么缘故，他忽然想起体弱瘦小的文兰。他试着在他面前游水的同伴里找她，但终因天黑、雨大、风浪猛，没能辨认出她来。正要放弃寻找文兰的时候，从离他不远的左前方，传来了文兰的声音。她正在吟诵诗篇二十三篇，同伴们也跟着她一起背诵。风浪中，虽然彼此难以辨认，但一起吟诵诗篇，大家感到了新的勇气和平安。姚陆生一面跟着背诵诗篇，一面暗自赞叹文兰的毅力和信心。

阵雨不知什么时候停下来了，波涛起伏的厚海也渐渐有些收敛。从两岸灯光的距离，姚陆生断定他们已游过海上国际线，并进入了香港水域。虽然已过一半水路，姚陆生没有声张。在深圳军营里，他听到了许多前功尽弃的故事。一位同牢狱友和一位朋友刚刚游进香港水域，便遭到鲨鱼的袭击。朋友当场被鲨鱼吞食。他因香港巡逻直升机及时发现和救助，免于丧生。不巧的是，直升机刚刚离开出事地点，便下起暴雨。飞机在雷雨中发生故障，被迫紧急着陆在大陆一侧。几个小时后，机组人员连同直升机被放行回港，但这位被救起的狱友却被关进深圳军营里的牢房。

"救命啊！我被咬了！"姚陆生忽然听见闫三的喊声。他睁大眼睛在黑暗的海面上搜寻闫三的影子。他注意到周围的海面上并没有异样。

"闫三，你在哪儿？"他大声问道。

"陆生哥，我在这儿里。什么东西咬了我的右腿。救命啊！"闫三说着大哭了起来。

"闫三，先别慌。抱住你的气枕，休息一下就会过去的，"姚陆生一边向闫三游去一边安慰他。

游到了闫三的身边，闫三的哭声更大了。原来这位同乡已在慌乱中把救生的气枕弄丢了。姚陆生把自己的推了过去。

"抱住了！浮在上面休息一下。右腿怎么样了？"

"疼得要命，被鲨鱼咬了！"闫三一面哭一面双手紧紧地抱着气枕。

"那你就不可能在这里讲话喽！十有八九是海蜇，问题不大。"

姚陆生暗暗松了口气。虽然现在不是鲨鱼季节，但谁也不敢保证绝对不会碰上它们。海蜇虽然无法和鲨鱼相提并论，但听说有的海蜇会置人死地的。不过从闫三的反应来看，他的伤没有什么危险。大伙又重新向对岸游去。在海水里泡的时间长了，每个人都已精疲力竭。更多的时间是依枕随波逐流。碰上这种情形，姚陆生和闫三分享同一个气枕。

当他们在海上像浮木一样漂流的时候，一层厚厚的雾降临到海面上，灰白的雾气隔断他们每一个人的视线。看不见对岸的灯火，水里的人开始失去方向。游在同伴们后面的姚陆生不知所措。他们已经游了这么长的时间和距离。不难想象因迷失方向而会发生的事情。命运如果开他们一个小玩笑，他们大概会在迷失中游回原处。

晨雾中又传来了文兰柔细的声音。大伙不约而同地跟着她吟诵已经背熟的诗篇。姚陆生从来没有对任何诗篇有过兴趣。但现在，他对这首诗特别有感触。他认真地跟着大家一起吟诵诗篇的每一句话，并默默地向主宰他命运的那一位祈祷。祈求给他一次逃生的机会。诗篇二十三篇不再仅仅是悦耳动听的话语，它成了姚陆生求生的唯一依靠。有生以来他内心里第一次感到有一种难以言状的平安感。天渐渐亮了起来了，云雾不知什么时候已消失在晨光之中。

"到啦！我们终于游到啦！"梁大哥兴奋地呼唤着。远处，姚陆生隐约看见梁大哥站在齐腰的海水里向同伴们挥舞着双手。姚陆生因没有穿鞋，脚一落地，就被锋利的牡蛎贝壳割破。他们刚好在退潮时游进离岸不远的牡蛎田上。要想上岸，就得爬过约莫两百多米长的距离。没有鞋子，姚陆生只好手脚并用，半游半爬地穿过牡蛎田。

当姚陆生最后一个爬上岸时，他的手、脚和膝盖到处都是带血的伤口。可姚陆生心里无比快乐。他们终于游到了彼岸，世界的另一头。从这里，他们将开始新的生活。

第一个迎接他们的是盘旋在头顶上的海鸥。伙伴们沉浸在登岸的快乐中。稍事休息后，姚陆生在闫三和梁大哥的搀扶下，和同伴们一起，迎着黎明的曙光，向邻近的一个渔村走去。

时间是一九七四年八月三日。

第三章　叛逃香港

"老黄，你看上去好像几天没睡觉，"坐在黄为国对面的那位长者关心地问道。

黄为国从火车窗口转过脸来，向老唐笑了笑。老唐是对外贸易代表团副团长。黄为国是代表团成员之一，代表河南外贸厅参加这次对外访问的。全团总共二十人，现在乘火车去深圳罗湖边境站。到罗湖后，他们将转车到香港九龙。

"老唐，讲句老实话，除了十年前参军，这是我第一次出远门。参军那阵子，咱还是个光棍呢。"黄为国的话赢得听者的同情，老唐不住地点着头。

"我明白你的心情。不常出门，难免想家。家里几个孩子啊？"老唐山东口音很重。

"两个。儿子今年八岁，女儿才三个月。"

"真有福气啊！有了儿子就不愁下一代啦。"

"您说得对。"黄为国无心与老唐拉家常。正好，一位年轻漂亮的女服务员拎着一只铝制大水壶过来给他们添水。黄为国趁势坐回松软的沙发靠椅上，并开始审视起周围的环境来。

这节车厢和一般的车厢不同，过道宽敞，窗明几净。桌椅间距离长，有足够伸脚的地方。沙发比较宽厚，椅背上罩着一层烫洗过的米色布套。头顶上的空调不停地放出冷气，使车厢在八月里还显得凉爽惬意。代表团的成员们正一个个地斜躺在舒适的沙发靠椅上，要么聊天儿，要么看报。

老唐点起另一支烟，并端起茶杯，大口地喝着。摆在他面前的桌子上有只白色陶瓷烟灰缸，里面堆满了烟头。为避免老唐的继续"关心"，黄为国又侧过头往窗外看去。一片片水田，榕树林，竹子山在窗外一晃而过。黄为国像是什么也没看见。老唐提起他的儿子，不由地使他心烦意乱。他想起临行的头天晚上，他妻子和儿子的一段对话。

那天晚上，黄为国早早地上了床。河南郑州的夏天，天气又闷又热。黄为国在床上一身是汗，睡不着觉。从信阳市城搬进省城，黄为国在这套三居室里已住了足足七年了。

"爹明天真的要出国？"儿子在客厅里讲话。

"小点声，梦龙。别把你爹吵醒，"妻子刘翠芬小声地对儿子说。

"他亲口答应要给我买台半导体的，你说他会忘记吗？"

"不会的。他从不忘事儿。好儿子，别在这儿缠着我了，快回屋睡觉去。"

这些年黄为国一直没有注意家里的事情，对儿子也很少过问。只是最近偶然间才注意到儿子已经长得很高了。梦龙高个头，瘦骨架，除了皮肤比他白外，儿子长得很像他八岁时的样子。黄为国八岁那年，正赶上解放。那还是二十六年前的事。

他还记得解放军进村的那天，他正光着黑瘦的身体在村头土路上捡粪。忽然从远处来了一队当兵的。在兵荒马乱的年代里长大的黄为国，一见着扛枪的，就知道没好事儿。看到这些兵，他慌忙丢下背上的粪筐拔腿就跑。正跑着，忽听有人喊他的名字。慌忙中，他向身后看了一眼。在那群当兵的人中，他认出了三叔黄一尘。

"得福，你这个傻小子，睁眼看看我是谁。连你三叔都不认得啦？这是咱们的队伍，专门来和地主黄万山算账的！"

黄为国那时的名字叫黄得福。因家里祖代贫穷，爷爷就给他起了这个名字。"文革"时他把名字改为黄为国。八岁的黄得福听不懂三叔讲的是什么。他唯一的反应是站在太阳底下，不停地发抖。

"得福，还愣着干啥？还不赶紧回村儿报个信儿。告诉乡亲们咱们的队伍来啦。咱们村解放啦！"

一九四九年新中国成立以后，黄得福的生活有了很大的变化。土改时，村里的地主被揪出来斗争。血债累累的黄万山被就地枪决了。黄得福一家从此再不做黄万山的奴隶了。土改中，他家分到三间住房，二亩地，一头驴，以及一些零七八碎的农具和炊具。破天荒头一遭，黄得福家有自己的地耕种了。

新中国成立以后第二年，黄得福进了民办小学。一九五八年，初小毕业后，十八岁的黄得福报名参了军。四年后退伍回乡，在信阳县供销社里做店员。不久结了婚，生了儿子，取名叫梦龙。

"旅客同志们，火车就要到达罗湖边境站了。请随手携带好自己的行李，以免丢失。过海关后，请换乘去九龙的火车。祝大家旅途愉快！"播音器里传出的柔和声音打断了黄为国的思绪。

广播一停，烟雾弥漫的车厢里顿时热闹起来。几分钟后，黄为国跟着其他代表团成员下了火车。在炎热的阳光下，他们跨过了从罗湖到香港的边境木桥。到了桥的另一头，整个代表团的成员被礼貌地让进一间装有空调的接待室。一位身着制服的香港海关官员依次收去了每个人的护照。

当黄为国取回盖了入境印章的护照时，邮戳儿的日期是一九七四年八月三日。

代表团一行上了开往九龙的火车后，黄为国发现自己又被安排坐在老唐的对面。

"总算是没出什么差错。"老唐一边点着人数一边自语道。火车开始发动，老唐习惯地点燃了一支烟。

黄为国还是把头侧向窗外。景色依然如故。除了两旁的稻田外，铁轨的西侧又多了一条弯曲的小河。

"老黄啊，"副团长老唐又拉开了话匣子，"你是从郑州来的，向你打听个人。解放信阳时，一个叫黄一尘的地方干部帮了咱们队伍不少忙，是个好同志。新中国成立以后，我们各奔东西，失去联系。逢年过节时常常想起他，不知他是否还健在。兴许你听说过这个人。"

黄为国心里吓了一跳。他当然忘不了三叔的名字。忽然间，他感觉心跳加快，呼吸困难，眼前直冒金花。他用力摇摇头说：

"没听说过，不认识这个人。打仗那阵子，我还是个孩子。"黄为国矢口否认。为掩饰自己的惊慌，他急忙从座位上起来，向车厢尽头的洗手间走去。

锁好门后，定了定神，黄为国细心察看着自己在镜子里的面孔。他好像又看到烟雾中老唐的那双好奇的双眼，黄为国不由地打了一个冷战。镜子里的黄为国，年仅三十四岁，原来油黑的头发已开始变灰，过去红润的面孔现在变得蜡黄。黄为国当兵那几年精神抖擞。虽然天生眼睛小了点，但穿上军装还是挺威武的。他好像又看见自己在军营操场跑道上跑步、锻炼；在红色党旗下举手宣誓加入共产党。

他仿佛又看见自己穿着一身没有领章帽徽的军装，庄重地站在讲台扩音器的后面。台下黑压压地站满了人。全信阳市的人好像都围在了台下。那年黄为国二十六岁。就在那一天，在同一张台子的右前方，站着五十多岁的三叔黄一尘。他低着头，双手反绑在身后。黄为国的吼声打破了整个会场：

"同志们，战友们！我黄得福，退伍军人，共产党员，从今往后不再叫黄得福啦！我现在正式改名为黄为国。现在，我要在这里正式宣告：黄一尘是个大叛徒，是个隐藏在我们党内多年的阶级异己分子。从今天起，黄一尘不再是我的叔叔！我同他一刀两断，划清界限啦！

黄为国至今还记得他三叔脸上的表情和转头盯视他的那双锋利的眼睛。新中国成立后，黄一尘一直担任信阳县供销社党委书记。黄为国复员那年，还是黄一尘帮他在供销社里找了份店员的工作。没有三叔的帮助，黄为国就得回乡务农。虽然是留在了城里，但店员的工资低，加上妻子的收入，两人每月也不足七十元。

黄为国对他的处境大为不满。在军队里干了四年，除了张党票外，退伍时他才混上个小班长。回到地方后，还得靠三叔找一份店员的差事。就连这份差事也是来之不易。他不知花了多少时间为三叔捧场做戏，听他那无休止地唠叨。三叔黄一尘的那点光荣历史早已在黄为国的脑子里背得滚瓜烂熟。

最让黄一尘自豪的是他曾经是信阳地区唯一幸存下来的地下党员。一次他无意间向侄子透露了他被国民党特务抓获入狱的经过。

"文革"开始时，尽管毛主席明显支持造反派，黄为国还是抱着隔岸观火的态度，和许多人一样谨慎小心。不少人还记得五七年反右的情形。反右运动一结束,成千上万的人被打成右派,被遣送到农村接受监督改造。随着"文革"的发展,黄为国注意到,各地效仿红卫兵,建立起名目繁多的革命造反派组织,并和红卫兵一道,揪斗地方党的头头脑脑,有的甚至把矛头指向中央。

有人在敲洗手间的门。黄为国往镜子里匆匆瞥了一眼。打开门,老唐笑脸相迎地站在那里。黄为国从嘴角边嘟哝了几句抱歉的话后,急忙闪身让进老唐。回到座位后,黄为国的心情仍无法平静。他试着点燃了一支烟,但还是无济于事。往事像蜘蛛网一样缠着他不放。

黄为国做了五年河南省革委会委员。从县城一个无名小卒,一跃成为显赫一时的省革委委员,外人看黄为国算是飞黄腾达了,可黄为国内心里充满怨言。虽然他从县城一间小平房搬进省城两室一厅的楼房,工资翻了一番,并为妻子弄到一份美差,但这些远远不能满足黄为国的欲望。他心里知道,若不是毛老头下令大联合,他的地位虽比不上王洪文,但至少可在京城里混个一官半职。

无奈,黄为国只好蹲在省城里委曲求全,等候时运的变迁。七十年代初,随着中国进入联合国以及中美邦交的恢复,冷战开始解冻。西方各国纷纷派遣代表团来华访问,探察中国贸易市场情况。国内各省也相继组建起对外贸易厅,并开始为今后进出口贸易定计划、做准备。

黄为国看准时机,借筹建省外贸厅的机会,把自己安插进去,成为副厅长。一年半后,国家外贸部组团访问香港。黄为国在省里多方运筹,争取到省革委会的提名和推荐。通过严格的政审后,他被批准为贸易代表团正式成员。批准通知一发下来,黄为国就打定一去不返的主意。从党内传阅的内参上，从支离破碎的小道消息中，黄为国知道国外发财的机会远远超过国内。老毛头说得不错，"世上无难事，只怕有心人，"黄为国暗自盘算。有朝一日，我黄某会出人头地的。不是权豪势要的人物，至少也得是一个财运亨通的富翁。

火车十点钟到达九龙站。进站后，站台上嘈杂一片。乘随团人员忙于提拿行李之际，黄为国偷偷混入人群。几分钟后，他走进火车站警察室。

当黄为国走出九龙尖沙咀警察总署的时候，时间已是下午四点。他已改名叫巴里黄，英文是 Barry Huang。从有空调的大楼里出来，走在街上，巴里黄顿时感到热气逼人。广东道上塞满车辆。巴里黄顺着熙攘的人流朝北走去。不知什么时候走进九龙公园。

在莲花池边，一颗粗大的梧桐树下，他找到一张长椅坐下。池塘对岸，一群身着短裤衬衫欢蹦乱跳的男孩在追打嬉闹。巴里黄特别注意到为首的那位瘦高的男孩儿，他的一举一动很像儿子梦龙。巴里黄暗自猜想梦龙得知他叛逃后会有什么反应。

第四章　火红年代

姚陆生在老鹰五金店买了需要的水管装置后，便开车前往工地。自从签约巴里黄公馆工程后，姚陆生每天都在他们上工的路上掏自己的腰包购买各种型号的水管和相应的部件。而每天在工地上，韩江看到的是，巴里黄千方百计地找碴刁难，并扬言结账时要从合同里把应付的工钱扣除作为抵偿。巴里黄的训斥、谩骂每天都在升级。更叫韩江生气的是，作为姚陆生的朋友和助手，他除了眼睁睁地看着朋友默默受气外，他一点忙也帮不上。要不是姚陆生揽的活儿，他早就辞掉不干了。很明显，他们被攥在这位恶霸同胞手里。

在去工地的路上，韩江和姚陆生聊起天来。

"陆生，你是哪年和文兰到香港的？"

"一九七四年"姚陆生答道，"我们是七四年泅渡到香港的。怎么想起问这个？"

"天下哪有这么巧的事儿！"韩江若有所思地感叹道。窗外通往华盛顿湖东岸的路被车辆堵得行驶缓慢。天气还是那样阴沉、湿冷。

姚陆生没有吭声。这几个星期里，他心里很郁闷。原本想帮朋友一个忙，却害得韩江跟着受气挨骂。韩江拼死拼活地拿下博士学位，可一直找不到工作。教会弟兄姐妹们曾试着写支票接济韩江一家，但他都婉言谢绝了。姚陆生知道韩江需要生活用钱，作为教友和水管工人，他只能通过雇用韩江做助手来帮助他。但没想到，他的好心却把韩江拖进了这样一个意想不到的窘境。

"艾琳是一九七四年从罗湖-深圳桥上走进中国的，"韩江望着窗外自言自语道。"那年我在北京上大学。"

韩江仿佛看见身着牛仔裤，短衬衫，身材苗条的艾琳站在罗湖边境木桥上。艾琳告诉他，当她乘火车从九龙到达边境时，旅客大部分早已在前面的车站下车了。那时没有很多人进中国。艾琳差不多是独自一人走过那架木桥的。

"我还不知道有这么巧的事，"姚陆生若有所思地说道。"你们俩是什么时候认识的？"

"一九七七年在外文局。我们俩都在那儿工作过，"韩江答道。

"嘿！那年我和文兰结的婚，"姚陆生脱口而出。

韩江回想起第一次看到艾琳的情景。艾琳身着一件褪了色的旧军装，衣袖上还套着一副深蓝色的套袖，一条膝盖打了补丁的灯芯绒裤子，脚下穿了双浅绿色军鞋。她的黑辫子像藏族姑娘一样盘在头上。二十出头，艾琳看上去像是个年轻漂亮的纺织女工。唯一引起韩江疑心的是她的那副金边眼镜。

"Hi! I'm Irene. Welcome to the English Section."

（"你好！我叫艾琳。欢迎到我们英文组来。"）

韩江被这原汁原味的地道英文弄得一时答不出话来。原来这位像纺织女工的年轻人是在美国华盛顿州立大学取得英国文学位后来中国学习、工作的美籍华人。艾琳在学习期间参观访问了许多地方，学习结束后决定留在国内工作。艾琳在外文局是英文组的专家，主要负责英文翻译改稿、定稿。业余时间她组织学习班，帮助年轻人提高英文水平。韩江在大学里学的是英文，毕业后被分配到外文局英文组做翻译工作。

到外文局没多久，韩江就注意到艾琳衣着朴素，举止文雅，平易近人。艾琳虽是美籍专家，但总希望大家把她当普通人看待。她主动向局领导申请把她"外国专家"的工资待遇降到同龄普通翻译的标准，并希望领导同意她搬出专家楼住进机关单位宿舍。

艾琳除参加局里组织的劳动外，每天主动提前到达办公室，为大家打开水。等办公室的人到了，她已把楼道和办公室打扫得干干净净。韩江还记得他们有一次坐车下乡帮助郊区农民收割麦子。不少同事认为下乡麦收是浪费时间，帮倒忙。劳动期间，不少人闲聊打趣、磨洋工。艾琳还是埋头苦干、汗流浃背。

在日常的学习和工作中，韩江和艾琳的接触多了起来。这使韩江对她有了更深的了解。艾琳从小生长在一个爱国华侨的家庭。父亲四十年代获中英庚子奖学金，在英国剑桥攻读化学博士学位。为了支持抗战，获得博士学位后，艾琳父亲毅然放弃他所喜爱的理论化学，到美国制铝公司学习制铝造飞机。学完正准备带着制铝技术回国时，抗战胜利。紧接着，内战打响。大陆新中国成立后，美国对中国关闭了大门，艾琳的父母留在美国教授化学。

但艾琳的父母从未打消过回国服务的念头。六十年代初，父母辞掉了在美的工作。正准备卖掉房子时，家人从大陆来信，劝阻他们暂缓回国。理由是国内正经历着罕见的"三年自然灾害。"艾琳还记得她父母当时是多么失望。韩江暗自为艾琳有这样一个爱国家庭而高兴。在父母的熏陶下，艾琳从小就有回归中国的愿望。

韩江知道艾琳作为外国留学生时在大陆所见所闻仅仅是中国有限的一部分。两年里艾琳利用旅游机会参观过大庆油田，大寨梯田，沙石峪的石头山，唐山煤矿以及东北重工业基地。参观这些地方很可能会给艾琳留下不太现实的印象，但韩江佩服艾琳对中国的热忱和信心。艾琳的爱国心重新燃起了韩江对祖国未来建设的激情。

韩江的父母都是共产党员。父亲出身贫苦。十五岁那年逃离山西的农家，加入八路军。他担任过担架队长，在抗战前线运输伤员。他总是惋惜那些来不及救助的受伤战士。解放战争期间他历任连、营、团长职务，参加过淮海战役。攻克南京后，随部队南下到四川，在那里遇到韩江的母亲。那时她刚刚大学毕业，专业是中国古典文学。几年后，韩江父母结婚，并双双被调到北京，在新组建的国家事务委员会里任职。

韩江是在国府大院里长大的。幼儿园毕业后，他考进北京试验二小。在学校里，他的学习成绩还不错。一九六六年夏，在他即将初中毕业时，文化大革命开始了。

"文革"初期，谁也不知道将会发生什么事情。韩江记得，一天晚上，父母把他和哥哥叫进屋，严肃地对他们说，如果他们因某种原因被打成"黑帮""牛鬼蛇神，"他们兄弟俩要相信党，依靠党。早晚一天会真相大白的。

一想到"文革"，韩江的脑海里就浮现出那个漆黑的夜晚。那是一九六六年十一月中旬，"文革"进行不到半年。住在同院的副部长儿子万宝喜和另外四个高干子弟，敲响了他的家门。

打开门后，身着茶色呢制将校军装、袖子上裹着红卫兵袖章的万宝喜对他说，"韩江，我们发现了一个隐藏的阶级敌人。这小子宣扬宗教迷信,死不改悔,拒绝交出毒草。今晚跟我们一起找他算账,抄他的老窝,烧掉他家储藏的大毒草!"

韩江自小就不喜欢和万宝喜来往。在宿舍大院里经常拌嘴、打架。但今非昔比,人家摇身一变,成了个红卫兵头头。韩江只好不计前嫌,把对万宝喜的厌恶感暂时收藏起来。现在冤家路窄,人家找上门来,韩江无奈,只好听命不如从命。这是他第一次参加夜间的红卫兵活动。

那是一个满是星空的夜晚。他们一行六人来到一座四合院宅前。韩江认出这是那位佛学大师的老宅。这位老者曾是万家的座上宾、老相识,怎么一转眼就变成了阶级敌人了?韩江心里正犯嘀咕时,万宝喜已冲进院子。在那间书房兼客厅里,韩江看见了这位老学者。老人身材消瘦,在他的额骨下闪动着一双智慧、不屈的眼。

"宝喜,"老人沉着地问道,"你父亲知道你来我这里吗?他绝不容许任何人在这里胡来的!"

"你还敢提起我父亲!"万宝喜吼道。"他和你早就没有来往了。你不是顽固不化吗?敬酒不吃,吃罚酒。今天就是来给你点颜色看看!"

韩江也记不清事情发生的前后了。他只记得万宝喜一声令下,老人被团团围住。万宝喜动手后,其余的人跟着对老人拳打脚踢。韩江在不知所措中喊着"扫除封建迷信"之类的口号。在别人对老人施暴时,他抄起一个小板凳拼命地向四周的书架砸去。砸累了,他就把从书架掉下来的书丢到庭院的地上,然后用颤抖的手把堆积在地上的书点燃。大火在院子中熊熊燃烧,周围的邻居围在一边观望。

万宝喜继续在屋里毒打老人。为了避免参与打人的勾当,韩江加快了进出书房的速度。一摞摞的书被丢进火堆里。从屋里跑出来一位，帮助韩江烧书。在他的手上，韩江看见了血迹。他不由自主地朝书房看了一眼，老人已被踢倒在地，血从头上流出。

那天晚上回家后，韩江的耳朵里充斥着万宝喜折断老人腿时发出的惨叫。他哭着把那身军装脱下来丢进垃圾箱。他恨自己没有骨气站出来制止这一暴行。

不久，红卫兵开始了全国大串联。他和成千上万的红卫兵一起，坐火车去湖南韶山瞻仰毛主席的故居。他们还参观了红军发源地井冈山和抗战革命大本营延安。

"中学毕业后，你下乡插过队吗？"姚陆生的问话打断了韩江的回忆。

"当然喽！六九年二月去的延安。"

"我比你早两个月。但去的地方没法和延安比，"姚陆生说。

韩江在串联时对延安印象最深。当毛主席发出知识青年上山下乡，接受贫下中农再教育的号召时，十八岁的韩江第一个报名去延安插队落户。临走那天北京火车站锣鼓喧天，鞭炮齐鸣。父母和朋友们挤在站台送行的人群里向他挥手送别。第一次看见父母亲流泪。透过自己的泪眼，韩江看得出父母为他做的选择感到骄傲。

去延安插队的年轻人，不少是和韩江一样的中学毕业生。他们一路歌声不断。不少人在车厢里就开始讨论如何建设延安未来。大串联时，不少人来过延安，对当地贫困落后的情况有些了解。不少报名来延安的青年，就是为了改变这个状况而来。希望在他们的努力下，延安能恢复当年的风采。

但真正的延安要比他们串联时走马观花所看到的贫困落

后得多。韩江吃惊地看到农民所住的又黑又脏、年久失修的洞穴，远远比不上他们参观的毛主席和中央首长战争年代住过的窑洞。农民穿的是破衣烂衫，吃的是清汤淡水、高粱稀饭，棒子面窝头和腌咸菜。

延安地区多山少雨，庄稼地分散在周围的山沟丘陵上。由于缺水少电，农作物的灌溉全靠人力。每天韩江跟着村里的农民沿着岭上崎岖、狭窄的羊肠小道，从山底把水挑到山上。肩膀磨破了，韩江咬着牙；脚下磨出血泡，他一声不吭。

一年过去了，结算的时候，韩江才真正领会到农村贫穷的现实。大家拼命地劳累了一整年，在扣除第二年的粮食后，全村人无一例外地倒欠生产队的债。贫瘠的土地本来就生产不出多少粮食，加上地少人多，一天的工分值低得可怜。村里有些农民开始抱怨："本来就不够吃的，现在又添了二十多张嘴，别说吃饱，有吃的就不错了。"

为了证明知青可以养活自己，韩江和同村插队的知青提议成立知青生产小队。他们的提议得到村干部口头认可。知青造了一座砖窑，用从农民那儿学到的烧窑做砖的技术烧砖做瓦。燃料没有了，他们就分头漫山遍野地搜寻柴火。平时没日没夜地守在窑旁，这里成了大家同吃、同住、同劳动的地方。经过多次失败和再战后，他们辛劳的汗水终于换来了一窑窑烧制成功的砖瓦。正准备拉到公社出售时，村干部改变了主意。村支书没跟任何人打招呼，突然召集全体知青开会。在会上他宣布知青回到原来的生产小队参加各队农忙收获。当问及他曾答应过建立知青砖瓦队的事时，村支书当众矢口否认他"压根儿就不同意成立知青队。"知青们听了瞠目结舌、目瞪口呆。支书一句话，二十来号知青近两个月的工付诸东流。在村里，村支书就是一言九鼎的太上皇。如此滥用职权,知青包括韩江在内敢怒不敢言,只好忍气吞声。

自此以后,韩江和大家一样,情绪开始低落。平时视而不见,听而不闻的事,现在开始过心、留意。在延安城里看到的一件事最让韩江寒心。

那是八月里的一个大热天,韩江进城。在车站附近路边一棵大树下,有位赤膊、赤脚的老农向过路行人乞讨要饭。韩江正要过去给他口干粮吃,一辆大解放不知从哪儿窜出来,忽然停在老人面前。车上跳下一位身着警服的小伙子。二话没说,当众一把拽起老汉,左右开弓大打出手。

"警察同志,别打了,行行好。咱当年也为八路出过力。现在人老了,不中用了,讨口饭碍着谁的事了?"

"他妈的没长眼啊?"警察边打边大声吼叫着,"这是什么地方,你知道吗!瞧你那模样,还张口闭口地'讨口饭碍着谁的事了?'睁眼看看,这是延安,革命圣地,是随便讨口饭的地方吗?全世界的人都来参观这里,你他妈'碍着谁的事了?'。碍着老子的事了!"

"咱又不是外人,饿的没法儿,才在这儿要口饭吃。毛主席总不会不让咱陕北人要饭吃吧!"

"住嘴,你这个老混蛋!还恶毒攻击伟大领袖!你跟我走。"就在他骂老汉的时候,从卡车上又跳下两名警察,对老汉又是一顿拳打脚踢,并把饿得奄奄一息的老汉拖进卡车。卡车一溜烟消失在尘土弥漫的街角。多少年后,韩江在家里父母带回的大内参里读到一位新华社记者目睹此事的报道。

这件事对韩江震动很大。几天几夜吃不下饭、睡不好觉。见此情景,好友们好言相劝。地方地头蛇仗势凌人,你又能拿他怎么办?要想生存,就不能太较真,过眼烟云、随它去。想想《水浒传》中统领八十万禁军的林教头,谁人能比他厉害？但是面对高衙内调戏他老婆，他只能一忍再忍。最后还被人设下陷阱，误入白虎堂，带上了枷锁，发配他乡。最后被逼上梁山。

那时在知青们的唉声叹气中，不是没人提起过当年梁山上的"一百单八将"，而是每每提到"梁山泊"的时候，人们不免流露出生不逢时的情绪。当青年人改天换地的激情、旺盛的青春活力、鲜活的智慧被打击、压制、唾弃；当他们亲眼看到、亲身经历到人格、尊严被扭曲、践踏甚至摧残的时候；当他们的理想、幻想破灭，前途渺茫；当他们为了生存而忍气吞声、忍辱负重的时候，"无为"便是他们没有选择的选择、没有出路的出路。难怪那时知青中弥漫着萎靡不振、悲观失望、悲天悯人、怨天尤人的"无为"情调：做一天和尚撞一天钟，得过且过、但求无过。

混日子的生活不仅是萎靡不振的，更可怕的是，当年轻人对现实和未来失去信心时，在混日子的生活中会不知不觉地沾染上以后难以改掉的恶习。有不少人不同程度地沾染上"吃、喝、嫖、赌、抽"或"坑、蒙、拐、骗、偷""五毒"的恶习。知青中"偷鸡摸狗""顺手牵羊"的事时有发生。有被村民抓获，送交公社武装部的；有"屡教不改"，曾戴手铐脚镣，被押上全公社知青参加的公审大会批斗，并当场判刑劳教的。

韩江暗下决心，尽自己的力量改变当地人对知青的看法。村里没有诊所，农民大、小病都要翻山越岭去几十里以外的公社看病拿药。韩江买来医书，工余翻看，在自己身上试针、试药。很快韩江自学会了一些医疗常识和简单治疗方法。不久，韩江当上了村里唯一的"赤脚医生"，为大家针灸、医治轻伤和头疼脑热的小病。

一天下午，在地里干活时，一群农民惊慌地跑来找韩江。村里一个十三岁的放羊娃不慎从岭上滑落下来，前额被撞出血，左臂摔断骨折。韩江从来没有遇到骨折的事情，又怕把受伤的孩子抬到几十里外的公社，耽误了抢救机会。他手头既无消炎药又无麻醉剂。为了止血，韩江只好把自己身上的衬衫撕成布条儿，裹在出血的前额上。用剩下的布条儿，将两根粗树枝紧紧绑在左臂骨折的两侧。几个星期后，那孩子的伤痊愈了。韩江才发觉骨折的手臂没有接正。生米做成熟饭，想改也来不及啦。为此韩江一直很内疚。

韩江在村民的心目中留下了好印象。一九七四年，在韩江到延安插队的第五年，村里一致推荐他为"工农兵学员"进城上大学。

姚陆生的车子停在了巴里黄公馆前。韩江不太情愿地下了车。在阴雨连绵的天气里，丹顶鹤显得更加孤寡凄凉。楼里，在锤、锯交杂的噪音声中，传来巴里黄的咆哮：

"他娘的干什么吃的？想蒙我，我非把你们告到法院不可！"

"别理他！"姚陆生提醒韩江，"跟这种人生气，不值得！"

韩江提着工具箱随着姚陆生一起进了大楼。

第五章　同甘共苦

"巴里黄昨晚来电话，"姚陆生第二天在出工的路上对韩江讲。车外还是阴雨连绵，漆黑一团。车窗的雨刷不停地摆动着。

"他打电话干什么？"韩江忍不住地问道。

"让我为他订购按摩浴缸、铸铁澡盆和淋浴设备。"

"要拿死沉的铸铁澡盆干吗？"

"铸铁澡盆，瓷实！可以减少放水的声音。"

"他自己不能订购？为什么让你替他买？"

"好为他节省两千美金啊，"韩江听得出姚陆生带讽刺的语气。

"我不懂，怎么个省法儿？"韩江问道。

"水暖材料供应部门一般按规矩，给有职业执照的水暖工优惠价格，以便促销互惠。"

"那也没必要为巴里黄这种人省这份钱。合同里又没有这一条。"

"合同里是没有这一条，但谁瞒得住巴里黄这个精油子？"

"那你就没那义务替他省钱呗！"韩江越听越烦，越讲越恼。姚陆生慢吞吞的，一直没讲出所以然来。

"我倒是没想替他省钱。我告诉他，公事公办，按常理办。合同以外的事得付百分之十的手续费。"姚陆生边说边把车驶出高速公路出口。

"这招高明!"韩江高兴地拍手叫好。

"问题就出在这里,"姚陆生低声说。

韩江收拢了笑容。看得出,姚陆生遇到了麻烦。

"出了什么事儿?"

"没什么大不了的事儿。只是又挨了他一顿骂,说我贪心占小便宜,想诈他的钱财。"姚陆生停顿片刻后接着讲,"百分之十的手续费又不是我发明的。干这行的,谁不知道合同以外的事,至少得付百分之十的手续费。即使巴里黄付了手续费,他还是上算的。"

"巴里黄这种人,就知道占便宜!这么说你答应他了?"

"没有,"姚陆生低声答道,"他说他自己去买。"

"这不结了!就让他自己付全价去,也省了你的心啦!"

"事情要是这么简单就好了,"姚陆生自语道,"这次他可真火啦。"

"那是他活该,自作自受。这种人逮着机会就占便宜,得寸进尺,蹬鼻子上眼,没个够。你不帮他买,他自己去买呗。真火什么?又不是你的错!"

"他说要到法庭去告我,吊销我的营业执照。"

"他凭什么告你?合同上又没写由你负责购买淋浴设备。"

"合同上是没写这些。"

"那你还担什么心呢?"

"谁知道呢?巴里黄这种人,什么事都干得出来。"姚陆生低声自语道。

"我想尽快把这个活儿做完,交差。"

到了工地,师徒二人把工具箱拖到三楼。

"陆生,你想还有多久才能完工?"韩江边上楼边问道。

"一个星期可以完成这层楼。如果浴缸和淋浴设备能按时送到,再有一个星期就可以安装完毕了。通过检验后,这活儿就算交差啦,"姚陆生充满信心地答道。

"完工后,咱们得好好聚一聚,"韩江提议。

"你和我想到一起去了,那就一言为定。"姚陆生高兴地答道。

午饭时间,姚陆生从车上把微波炉搬进灰鹤背后的老房。正在热饭时,巴里黄的儿子黄梦龙走了进来。

梦龙三十出头,身高体瘦。他是工地的总管,负责每天的工程。和他父亲不同的是,梦龙少言寡语。即便开口,从不提高嗓门。前几天他从梯子上摔下来,闪了腰,所以走起路来有些吃力。梦龙的英文比他老爸好不到哪儿去。估计来美后也没受什么教育。看着梦龙被晒黑的脸膛儿,满是老茧的粗手,因腰伤步履艰难的样子,韩江从心里同情梦龙。

"陆生,"梦龙低声开口道。他的普通话有很重的河南口音。"我爸昨晚给你通了电话后,也给我来了个电话。"说着,梦龙顺势坐在一个靠近姚陆生的塑胶油漆桶上。"你知道我爸那脾气,发过火,一会儿就消了。"梦龙边说边从浅棕色的外衣兜里掏出一包万宝路香烟,点燃一支后,递给姚陆生一支。

"别客气,梦龙,你知道我不会抽烟,"姚陆生婉言谢绝。

"看咱这记性,光记得韩江不抽烟了。"梦龙斜眼看了一眼韩江后,把烟放回兜里。

"我知道在一起搞这么大的工程不容易。多少会有些摩擦。我爸一个人管很多事,难免发脾气。发过后,一会儿就过去了。"梦龙从嘴里吐出一个烟圈儿。

"陆生，别把昨晚的事往心里去，"梦龙接着讲，"把他要的东西买来，不就结了。大家都相安无事。你看怎么样？"梦龙的那双棕黄色的眼睛显得那样诚恳、善良。

"我不想找什么麻烦，"姚陆生接过话茬儿，"只是想按合同把这活儿干完了事。你既然这么讲，那我晚上回去后就把订单发出去。"

"这就对了，陆生。以后我们还会有机会共事的。"

韩江被梦龙循循善诱的开导折服。真不愧为工地总管，待人、处事有分寸。

一个星期后，一辆大卡车把姚陆生订购的货物全部运到工地。车库地面上堆满了大大小小的箱子。这批货物里有三个有机玻璃按摩浴缸，其中一个是1.7米长的巨型浴缸；还有三个四百磅重的铸铁浴缸以及九套纤维板淋浴设备。粗略点货查看后，梦龙按发票单上的价码给姚陆生开了张报销支票。

"这批货为巴里黄省了多少银子？"梦龙走后，韩江发问。

"两千多美金，"姚陆生边答边清点地上的货物。

"这回他该消停一阵子啦！"

"但愿如此。" 姚陆生仔细地查看了一下发票单后讲。"我得跟梦龙说一声，送来的货里少了一个镀金的冷热水开关。发票单上也只是一个。套配得另外出钱买。"

几分钟后，姚陆生回到车库。他的脸色很沮丧。

"梦龙说什么啦？"韩江急忙问。

"他说他得问他爸。"

"问他干什么？好让他再骂你一通儿？我去跟梦龙讲。"说着，韩江气冲冲地朝楼梯走去。

"算了吧，韩江，跟他讲没用。"姚陆生叫住韩江，"晚上，我再给他爸打个电话。这次我给他省了两千多，他总得领点情吧。"

"这个开关多少钱？"韩江转过头问。

"六十五美金，"姚陆生答道。正说着，他们听见楼上传来巴里黄的声音。

"怎么着？他少买了个开关？"巴里黄扯开嗓门，"他干什么吃的？张口闭口有个骗人的执照，连东西都买不齐。甭管他，谁他娘的出错，谁负责！"

梦龙随后讲了些什么，因为话音低，韩江听不清。

"自己捅的娄子，自己兜！自己拉的屎，还让别人擦！"巴里黄提高嗓门儿。

韩江注意到姚陆生的脸开始发白了。

话音未落，巴里黄叼着烟出现在楼梯口。

"都给我听好啦！丑话说到头里，这些都是贵重的东西，搬运时，谁碰坏了谁赔，别怪我黄某没说。"说完转身上楼了。

"黄先生，既然你怕碰坏了这些贵重的东西。我们只有俩人，恐怕抬不起四百磅重的浴缸，"姚陆生争辩道。

巴里黄在楼梯上停顿下来，头也不回地说，"白纸黑字写在合同上，各负其责。不要逮着机会就把责任往别人身上推！"说完，接着往楼上走。

姚陆生被噎得说不出话来。韩江被气昏了头。他恨不得冲上楼和巴里黄决一雌雄。姚陆生忍着气，不声不响地走回自己的汽车，从车里取出一架手推车和几捆粗实的绳索。回到车库后，他递给韩江一副护腰，并动手把自己的护腰戴好。

"韩江，这活儿只好我们俩干了。"姚陆生的声音充满了歉意和失望。

就这样，师徒二人开始默默地往楼上搬运。先是运送重量较轻的按摩浴缸和淋浴器材，然后把四百磅重的铸铁浴缸牢牢绑在手拖车上准备往楼上拖。姚陆生绑好浴缸，把拖车吃力地拉到楼梯前。

"韩江，千万得小心，不要伤了自己。我们一步一步来，一个台阶一个台阶地往上拉。"姚陆生对韩江说，"我喊一、二、三。喊到三时，我们俩一块儿用劲儿。"

韩江怀着气愤但又无奈的心情，极不情愿地点了点头。

姚陆生把拖车上的重物往自己那边倾斜了一下便开始有节奏地喊起一、二、三来。随着喊声，姚陆生在前面用力拉，韩江同时用力往上抬。就这样四百磅重的庞然大物被一个台阶一个台阶地往楼上运。

"一、二、三！"

"一、二、三！"

姚陆生继续喊着像旧时在黄河、长江边上拉纤的劳动号子。

六十个"一、二、三！"六十个台阶，姚陆生和韩江终于把第一个四百磅重的铸铁浴缸提、拉、拖、抬运到了三楼。

放下拖车后，两人瘫坐在楼板上，上气不接下气地喘着粗气，汗水从额头上不住地往下流。他们心照不宣，还有两个四百磅死沉死沉的铸铁浴缸在楼下冰冷的车库地面上默默地等着他们呢。

姚陆生在搬运时最用力，他的位置也最危险，一旦吃不住劲儿，四百磅重的铸铁浴缸就会压伤他的身体。难怪他累得喘不过气来。师徒二人斜靠在浴缸偏旁，活像两条水陆两栖的鱼大口大口地呼吸着。看着彼此的狼狈相，两人不禁大笑起来。

"老喽!"姚陆生边喘边笑道,"比不了当年啦!"

"我不是一样!"韩江接过话题,"插队到现在都多少年了?整整二十六年啦!那时年轻,有把子力气。"

姚陆生费力地站起来,朝对着湖水的窗子走去。打开窗户后,扭过头对韩江讲,"外面的空气新鲜。在这儿,你会感觉好一些。"

韩江慢慢地从地上爬起来。他的两腿发软,不听使唤。好不容易挪到窗前,举目向湖面望去,美景尽收眼底。韩江第一次注意到华盛顿湖如此恬美,好像从来没有看见过似的。早上的雨雪不知什么时候已转成茫茫小雨,平静的湖面上浮游着一群嬉水的野鸭,一队灰褐色的加拿大鹅"咕咕"地叫着从空中一掠而过。

难怪苏东坡当年流放时触景生情,写下了那首催人泪下的《和子由渑池怀旧》:"人生到处知何似,应似飞鸿踏雪泥。泥上偶然留指爪,鸿飞那复计东西。"

"这里真美啊!"韩江不禁感叹道。

"嗯,"姚陆生小声应和着。

"陆生,等哪天咱们也在湖边造所房子。"

姚陆生微笑了一下,算是答复了韩江的话。稍事休息后,师徒二人又回到车库,继续搬运剩下的那两个铸铁浴缸。

"一、二、三!"的号子再一次回旋在空荡的冰宫里。他们用力地提、拉、拖、抬,一个台阶、一个台阶地往楼上搬运铸铁浴缸。渐渐地两人体力不支了。几次号子声后,用尽了力气,死沉死沉的铸铁浴缸还是纹丝不动。他们只好重整旗鼓,咬紧牙关,继续奋斗。

"一、二、三!"

"一、二、三!"

"韩江，我们到了二楼啦！"姚陆生喊道。他脸上到处是汗，汗珠就像下小雨一般不停地从额头上流下。

韩江主动和姚陆生换了手。他握着拖车的把手，用力地把拖车扳向他的身体。正准备喊号子时，忽然脚下一滑，四百磅重的铸铁浴缸一下子倾斜压向他的身体。姚陆生眼疾手快，一把抓住压向韩江的拖车，用力将它扳回原位。他们俩被刚刚发生的事惊呆了。

"韩江，没伤着吧？"姚陆生急切地问道。

"没伤着，陆生，"韩江双腿打战、胸部撕裂地疼痛。

"本想和你换个手，替你省点劲儿。真不中用，没那把子力气啦！"

"休息一下，别伤着身体。"

"不用了，都到了二楼了，一鼓作气，就把它拖到楼上了。剩下的浴缸安在二楼，就不用那么费劲了。"

姚陆生和韩江又调换回原位。公馆里再一次响起"一、二、三！"的号子。

晚上下工回家后，韩江累得吃不下饭。洗澡时韩江发现身体上青一块儿、紫一块儿。艾琳看到后非常心痛。

"韩江，你受了伤，也许应该告诉陆生，暂时不能帮他忙了，"艾琳说道。"我知道你想帮他渡过这一关，可你也要考虑到自己的身体。"艾琳边说边往韩江身上伤处涂抹消炎止痛膏。

"你知道，我不能在这个关键的时候躺在家里。我虽然帮不了多大的忙，可我知道陆生不能单枪匹马的一个人在那儿被人欺负！"巴里黄可憎的面孔再次浮现在韩江的眼前。

"韩江，我知道挡不住你。如果明天还要去的话，就一定得吃好药后再走。"

韩江微微点点头。他知道艾琳关心他，体恤他的难处。艾琳知道韩江不会在关键的时刻背弃朋友的。

第六章　蹉跎岁月

　　自从姚陆生泅渡厚海湾到了新界后,他在九龙半岛油麻地一个亲戚家住了三个多月。油麻地人口密集,北边是热闹的旺角区,南面是繁华的尖沙咀。亲戚家的一室一厅的房子在炮台街后面的一个巷子里。西面是繁忙的轮渡码头,东面是嘈杂的庙街。白天的街头巷尾到处是小商、小贩的货摊,有卖装饰品的,还有卖各式各样便宜货的。到了晚上,露天卖艺和杂耍的把商业街变得热闹的像个游艺场,有卖唱的,有表演的,有算卦的,有骗钱的,三教九流,全都汇集在一起。
　　二十三岁的姚陆生对周围热闹的环境提不起兴趣。在亲戚家没住几天,他就在附近北海街的一家点心店找到一份跑堂的差事。每天从早上十点到晚上十点,工作七天,没有休息日。点心店门一打开,姚陆生就把竹编的饭板挂在胸前。饭板一头顶在肚子上,另一头的两端用绳带挂在脖子上。饭板上码着一排排装有热气腾腾的各式各样小吃的蒸笼和瓷器,少说也有二、三十磅重。一天下来,累得顾不上吃东西,只想躺下来睡觉。
　　三个多月后的一天,在去打工的路上,他在对面人群拥挤的人行道上看见了文兰。文兰的两条辫子已变成短发,姚陆生还是把她认了出来。这些天,他经常想起家人和泗渡厚海湾的事。一想到泗渡,他自然而然地就想到文兰。在街上偶遇文兰,姚陆生喜出望外。他迅速地穿过拥挤的人群向文兰走去。文兰看到姚陆生格外高兴。他们躲开人群，走进一家行李箱店。

"陆生，好久不见，你怎么样了？"文兰含笑地问道。"你好像很累的样子，人比以前也瘦了。你在打工？"

"我在前面街角的一家点心店当跑堂的。你现在怎么样？"

姚陆生忽然感觉，在凉爽的十一月的早上，他浑身有些发热。

"我也在一家点心店里做工。在南京街上的那一家。"

"你现在住在哪里？"姚陆生一边问，一边感觉脸颊发热。他第一次注意到文兰长得很清秀，细腻的皮肤很像是从江浙一带长大的姑娘。

"住在我姨的一个朋友家，在李太白街，离这里不远，向北只走五、六条街。"

"我住在炮台街一个亲戚家。"

姚陆生停顿了片刻又接着说，"我晚上十点下工。也不知道你什么时候下工。如果你愿意的话……我们也许再见面？"姚陆生的声音渐渐地弱了下来，他把目光移向了地面。

姚陆生没有看见文兰在微笑地看着他。文兰听姚陆生支支吾吾的问话心里很高兴。她爽快地告诉姚陆生她下班的时间。从那天晚上起，姚陆生开始陪文兰回家。在他们下工回家的路上，在拥挤的人群中，在五光十色的霓虹灯下，姚陆生感到他不再像以前那样孤独和无助了。

在第一天姚陆生陪文兰回家的路上，文兰在一个衣服摊上看到一件印有毛泽东头像的汗衫。

"陆生，"文革"时你当过红卫兵吗？"文兰若有所思地问道。

"怎么讲呢？算是当过一次，但不成功，"姚陆生回答道。

"不成功？"文兰不明白姚陆生的话。

"因为我的家庭出身，我不够格，"姚陆生又解释道。

文兰抬头好奇地看着姚陆生。

"文兰，你记得，那阵子只有红卫兵才能到处旅行？"

"当然记得，"文兰点头答道。

"大串联时红卫兵旅行不要钱！我不是红卫兵，可我很想去北京，想到天安门广场上看毛主席。所以我弄了些红布，给我和我的另外两个同学做了红卫兵袖章。"

"可以吗？"文兰有些怀疑地问道。

"可以不可以先不讲，我们戴上袖章后，很快就被认识的人发现了。为这事，我挨了打，险些丧命。"

姚陆生告诉文兰，做好袖章的第二天，他和那两个同学一道各自背着装有食品的书包和水壶来到广州火车站，希望能搭上去北京的火车。在火车站里，姚陆生发现红卫兵在站台上设立了纠察线，查看过往佩戴红袖章的学生身份。在姚陆生还没来得及转身离开的时候，他已被同校的红卫兵认了出来，并被团团围住。

"他们说我冒充红卫兵，"姚陆生讲，"不问缘由，立刻对我拳打脚踢。我的头被皮带上的铜扣打中，我一下昏倒在地。醒来后才知道我的头被缝了九针。"

文兰听后又气又激动，"怎么说呢？这就是中国。全让毛泽东给搞坏了。"

"怎么能怪毛泽东呢？"姚陆生问道。他对文兰的评论感到惊讶。"毛又没说让人随便打人。"

姚陆生和文兰为这事拌了嘴。文兰坚持说毛为排挤政敌，不择手段。为达到个人目的，他制造矛盾，使许多无辜的人受迫害。姚陆生不善于辩论，但他还是讲毛所关心的是社会主义的前途，历次运动所出的差错，是因为底下的人没有按政策去办。文兰不同意，认为毛作为一国之首，应对运动产生的恶果负所有责任。姚陆生认为这样对毛不够公平。

　　他们就是这样互不相让地边争边走。不知不觉来到了文兰住的地方。姚陆生突然感到很尴尬。他心里为自己差劲的表达能力而恼火。文兰对姚陆生"执迷不悟"仍然相信共产党的宣传而失望。本来是陪送文兰回家的，现在争吵后，好事有点变了样。姚陆生开始为今后可能不会再见到文兰而担心，他不想就这样结束他们之间刚刚开始的交往。

　　文兰在家门口停下来，转身看着姚陆生。

　　"明天下工后再见？"姚陆生不好意思地问道。

　　"好！"文兰答道。停顿片刻后她接着说，"陆生，也许是我的家庭背景的关系，我们以后不要再谈毛了。"

　　姚陆生轻轻地点点头，暗自为他们下次还能见面而高兴。在回来的路上，姚陆生不由地继续回忆起在火车站被打的事。同校的那些红卫兵一边踢他的头，一边骂他是狗杂种，是"美帝国主义走狗的孝子贤孙。"

　　刚才的见面，他还没来得及告诉文兰他的家庭背景以及"文革"时的经历。他知道要是文兰听到了，她会更生气、更不能理解他为什么还在替毛和共产党辩护。他在火车站被打晕后，他的同学没有离弃他。他们把奄奄一息的姚陆生抬到医院。医生及时抢救，他才幸免一死。

　　姚陆生以前一直不知道他父亲的过去。自他懂事起，父亲就没有工作做。母亲在附近一家肥皂厂上班。全家就是靠母亲每月的三十二元的工资生活。如果父亲早点告诉他事情的原委，姚陆生大概也不会铤而走险冒充红卫兵的。

在姚陆生躺在床上养伤时，父亲不得不告诉儿子他的过去。抗战时，父亲在一艘香港商船上做船长。这艘船被美军租去运送抗战物资。抗战结束后，这艘船又被国民党征用去打共产党。全船雇员被勒令替国军运军火。父亲动员策反没有成功，独自一人辞职回到广州。一年后，全船水手拒绝去台湾，集体起义投诚共产党。新中国成立后，父亲听说参加起义的船员大都被分配了工作，于是他也去地方政府交涉，但遭冷落。更坏的是，当父亲与地方政府谈话的记录转到他所居住的区政府手里时，父亲一下变成了街道管理人员监视的对象。

母亲的工资要养活四口之家是很困难的。姚陆生从小就领着妹妹随父亲到城里的垃圾堆里捡煤核和吃的东西。不间断的政治运动，使家里的生活越来越艰难。

姚陆生被打后一个月，一群自称"革命造反派"的人突然闯进他家。一进门，他们就开始翻箱倒柜查找所谓的"反革命罪证。"找不到东西，便把父亲带走。几个星期后父亲才被放回家。

从此以后，姚陆生家再也不得安宁。造反派不时登门拜访，随后便把父亲带到各种集会上批斗。一年四季，无论什么天气，父亲都得起早贪黑，和街道上另外几个"坏分子"一道清扫厕所和街道。父亲对此一声不吭。他默默地忍受着凌辱和谩骂。姚陆生后悔因冒充红卫兵而连累了父亲。

几个月后姚陆生的伤才好。虽没落下什么后遗症，但深深刺痛了姚陆生的心。他开始学会忍辱负重。在街上，无论别人怎样羞辱他，他总是咬紧牙关，一言不发。在家里，他和妹妹承担起所有家务，打水、扫地、洗衣、做饭。一有空儿，就去垃圾堆捡煤核和食物。家里的玻璃窗被人故意打碎，他就用捡来的塑料布钉在窗上。兄妹俩竭尽全力让疲惫不堪的父母回家后能吃上一顿热饭，能躺在床上多休息几分钟。年仅十五岁的姚陆生变得越来越沉默寡言了。

快到亲戚家门口时，一股浓厚的中药味扑鼻而来，弥漫了整条街巷。姚陆生继续想着他和文兰争吵的事。父亲受了罪，纯属于冤枉，那不是老毛的错误。哪朝哪代都可能发生这种事。不过细想想，父亲的遭遇和自己这些年所经历的事情，多多少少和毛发动的政治运动有关系。

第二天晚上下工后，姚陆生在文兰做工的点心店外见到她。看到文兰脸上的笑容，姚陆生从心里高兴。接下来的几个星期，他们在交往中闭口不谈政治。文兰问过姚陆生是否下乡务过农。姚陆生告诉她，一九六八年底，在别人纷纷报名去云南支边，去海南橡胶园或黑龙江或内蒙古建设兵团时，他选择了离家仅六十里路程的沙坪。

姚陆生没有告诉文兰他实际上喜欢在沙坪的生活。他不在乎农村艰苦的生活。从下乡的第一天起，他就起早贪黑地跟农民下地干农活儿。姚陆生很快学会了锄地、割草、挖水沟、插秧苗。他还学会了驾驭耕牛翻地、播种。姚陆生吃苦耐劳的表现，很快赢得沙坪农民的认同。

姚陆生在沙坪的那些年，村里的生活也不差。年底分粮后，每人多少总能分到些东西。每年回城探家，姚陆生都能带回些当年收获的粮食和新鲜蔬菜以及自己喂养的鸡和鹅。遇上好的年景，他还会带回家十几元现款。

姚陆生和村里人融洽得像当地人。人们渐渐忘记他是从广州城里下乡的知青。同村插队知青李少文就问过他"为什么干活像老农，也不怕在这儿累死？"李少文的外号叫小偷，这外号还真是名不虚传。来沙坪务农以来，李少文没少惹事。

一次在邻村水塘偷鸭子被发现，被打得几天起不了床。

"陆生，为自己以后的前途想想。在这儿混一辈子有什么出息？别像老农似的傻干，找些让自己快乐的事儿做。"李少文倒是没少干偷鸡摸狗的事儿。

姚陆生默默地听着。他已习惯于不讲话，也习惯了在沙坪的生活。只要没人找他麻烦，他就心满意足了。至于将来，他无心去考虑。对一个幸存者，思考未来是奢侈的。

"少文，我没想过将来的事儿，"姚陆生答道。

"你太短见啦！想当一辈子臭农民？"李少文大惑不解。"我早就想开了。这儿不是长久之地。在这儿就是混混日子，解解闷儿。"李少文朝着姚陆生挤了下眼便扬长而去。

姚陆生从没把李少文的话当回事儿。但李少文不久就离开沙坪却对他震动很大。那次谈话不久，李少文在公社农贸集市偷东西被当场抓获，被判两年强劳。刑期不到两个月，有人就看见他身穿军装大摇大摆地走在沙坪镇上。李少文服刑期间参了军的消息不胫而走。据说他养父是原广州军区某位首长的私人医生。通过关系，李少文不但从劳教所提前获释并顺利地参了军。

李少文走后门参军在知青中引起不小的骚动。由此激发了沙坪知青离乡返城的热潮。大家分头托人拉关系、找熟人走后门。李少文参军后的三年内，村内的知青几乎都走光了。有上学的，有进工厂的，也有找不到事儿托病回城的。唯独姚陆生一人留了下来。

姚陆生心里很不是滋味。为了逃避在城里因出身问题受歧视而下乡的他，到哪儿去找城里的关系帮他离乡返城呢？这种事对他来说就是白日做梦！

尽管如此，姚陆生的内心也渐渐地发生了变化。几年来，知青走光了，就连村里的年轻人也不断地离开了农村。一打听，据说不少人越境成功去了香港。

但对姚陆生，他还是不能接受越境的想法。他盼望有一天能凭自己表现，通过正常途径被招工回城。一九七三年的一天下午，姚陆生被叫到公社办公室。地区矿务局招工。虽然当矿工有生命危险，但每月有固定工资。姚陆生在公社办公室外等了五个半小时，还是没有被叫到名字。他硬是敲开了招工办公室。

"我叫姚陆生，"他自我介绍道，"沙坪村领导说公社通知我来报名当矿工。我在门外等了大半天，都没听到喊我的名字。"

"你就是姚陆生啊！"一位小个头、灰头发干部模样的人边说边打量着姚陆生。"我们已看过你的档案。你这样出身的人不符合招工标准，所以没叫你的名儿。"

姚陆生刚想开口，另一位在场的公社干部插进话来，"你在沙坪是干得不错，这我们知道。可你得为矿务局想想，他们怎能冒险招收像你这样家庭背景的人当工人呢？"

姚陆生被惊呆了。他终于明白了血统论的严酷事实。通过他任劳任怨的劳动是无法改变他与生俱来的出身成分。人品再好，他还是属于"黑五类"！从那天起，姚陆生暗下决心去香港另谋生路。

第七章 凄风苦雨

"陆生，餐馆的一位朋友告诉我说附近一家裁缝学校招生，"文兰一次在下工的路上告诉姚陆生。

"听说学费很低，又是夜校，你说我去试试好吗？"

姚陆生看了一眼走在广东道五彩缤纷霓虹灯下的文兰。她身材苗条，短发乌黑，面容清秀，在川流不息的人群中，显得气质不凡。

"当然应该去试试，"姚陆生赞同道。

"离开学校那么多年了，我心里没有数。就是老板同意，还是要占工作时间的，"文兰接着讲。

"那还是值得的，"姚陆生鼓励她。"凭着你的能力，一定能是个好裁缝的。我也在考虑上夜校，学些电工技术，以后兴许能找份修理电器的工作做。"

"那太好啦！"文兰惊叹地看着姚陆生。"我们俩一齐试。听说城里有不少夜校，我们明天就去看看。"

第二天，姚陆生和文兰约好，四点提前告假下工。他们一块走到尖沙咀市区内，各自报名并被录取为夜校学生。

"都快七点了，"姚陆生看着表说。他们正沿着弥敦道向北走。"文兰，你大概早就饿了吧？找个地方吃点东西好吗？"文兰点点头。他们转身进了汉口街的一家小吃店。店内有七张桌子，一大六小。他们进去时店内已有不少顾客了。姚陆生和文兰在店内角落靠窗一边的小桌子旁坐下。文兰看过菜单后要了一碗牛肉面。

"牛肉面是我喜欢吃的,"文兰边说边为他俩倒茶。

姚陆生要了份扬州炒饭。这是他们第一次在外面吃饭。看着坐在桌子对面的文兰,姚陆生不由地想起家人和妹妹。

"文兰,你想家吗?"姚陆生问道。

"偶尔会想的,"文兰不情愿地答道。

"想你父母吗?"姚陆生不解地问。

"想当然是想。陆生,我的出身太复杂了,所以一直没告诉你。我从来没见过我父亲。我出世时,他已过世。很小我就离开了母亲和哥哥、姐姐,被过继给十二姨丽华了。"

"真的吗,文兰?"姚陆生睁着大眼望着文兰激动的脸。

"到现在,我连父亲的相片都没看过。不知道他是什么样子。只听丽华姨讲,新中国成立前夕他曾是国民党代理军长。"

"他是什么时候去世的?"

"丽华姨讲,父亲在军队撤离大陆前回了趟浙江老家。他本想劝说他父母跟他一同去台湾,没想到他们执意不去,并坚持要他留下管理家产。爷爷告诉我父亲,回乡做个普通农民,共产党是不会找他麻烦的。作为长子,父亲只好从命。"

姚陆生会意地摇摇头。一位店里跑堂的伙计把他们点的饭摆在桌上,并问道,"还要别的东西吗?"

"不要了,谢谢,"姚陆生答道。正在这时,又有五位顾客走进小吃店,围着大桌子坐了下来。小店内顿时热闹起来。那位刚给姚陆生他们端过饭的店员马上走了过去。他们彼此寒暄开着玩笑,一看就知道他们相互都很熟悉。姚陆生静静地等着文兰说下去。

"几个月后,父亲便被政府枪毙了,罪名是反动军人。

后来母亲才知道北京有令,凡是黄埔军校毕业的国民党军官,除投诚起义的,一律就地处决以防后患。父亲死时年仅三十七岁。母亲怀我九个月,哥哥那年十岁,姐姐六岁。"

"文兰,吃点东西再说,面都快凉了,"姚陆生边用手试着文兰的面碗边小声劝着。文兰机械地吃了一口面。"父亲死后没几天,我就出生了,"文兰接着讲。"在我六、七个月的时候,村里民兵来我们家,要母亲交出家里值钱的东西。母亲交出后,民兵硬说她还窝藏着金条。母亲说没有,民兵们便把家里翻了个底朝天,什么也没搜到。于是,他们把母亲和我一起带到村边的祠堂里。母亲被反剪双手吊在祠堂内的横梁上,而我被扔在了地上。民兵们把祠堂大门锁上后便扬长而去。"

文兰又停下了手中的筷子。姚陆生不得不劝她先吃完面再讲下去。

"很多事我不知道,很多都是从丽华姨那里听来的。"

姚陆生点点头。

"我母亲家原来很有钱。他们姐妹共十二个。我母亲是老三。到十二姨出生时,家里因她又是个女孩儿,就随便把她放在炉旁柴火堆里。我母亲发现她时,十二姨正被用人当成柴火往炉灶里填。母亲手疾眼快,一把将丽华姨夺下,保住了她的性命。"

姚陆生不敢相信自己的耳朵。他曾听说因穷丢弃女婴的事,但从来没听说过有钱人家也这样做。大概不是故意的,他自我安慰道,同时想起自己可怜的妹妹。

"丽华姨在广州一听到我母亲被民兵抓走的消息,立即赶回浙江家里。进村后马上找民兵干部交涉,为三姐多方求情。很快,母亲和我被释放回家。"

"真是万幸！"姚陆生感叹道。

"回家后，我病得非常厉害。丽华姨告诉我，在母亲关押期间，我爬在桐堂的湿地上，吃了许多泥巴和不干净的东西。一天夜里她醒来，发现我身上到处都是虫子。"

"她肯定给你吃了打虫药。"文兰点点头，低头看看碗里剩下的面条，又抬头看看姚陆生，她忍不住笑了。

"现在不该讲这些了，"姚陆生笑着说。

"你说得对，"文兰说着把面吃完。

姚陆生把文兰茶杯里的冷茶水倒进自己碗里，又为她倒了滚热的新茶。

"牛肉面很好吃，"文兰边说边把筷子放在了桌上。"丽华姨一定要帮母亲的忙。她提出收养我做她的女儿。母亲要丽华姨把哥哥带走，但她执意带我。说哥哥很快就要长大成人，可以在生活上帮母亲的忙。我年纪小，体弱多病，需要特殊照应。"

"所以你就被丽华姨带到广州来了？"

"对。一到广州，丽华姨就开始变卖家私，为我筹集医药费。丽华姨的先生过去在香港是个做生意的。因我的事，他经常和丽华姨大吵大闹。但丽华姨还是想方设法为我寻医找药。"

姚陆生知道，文兰的姨这样做是在报答姐姐的救命之恩。

"虫子打出来后，我的病明显好转了。"

饭后，文兰继续讲她的故事。服侍过他们的那位店员在他们的桌旁走来走去好几次。姚陆生知道店员在暗示他们到别处去谈话。于是，他起身交了饭钱。在桌上留下小费后，和文兰一起走出小吃店。

"算运气，文兰，有这么一位好姨妈！"姚陆生边说边和文兰顺着弥敦大道向北前行。

"是啊!"文兰小声地答了一声,便低头走她的路。

"因我的病,她吃了很多苦。我不该责怪她。"

姚陆生不知道文兰指的是什么。当走到九龙公园门口时,他提议进去走走。虽然天色已黑,但园内游人还很多。姚陆生想多听些有关文兰过去的事。

"丽华姨从小神经受过很大刺激,"在一个莲花池边坐下后,文兰接着讲。

"她犯病时总是打我,有时还用刀子。我身上到现在还有伤疤。"文兰的声音有些发颤,她的上身在抖动。姚陆生坐在一边不知所措。

"我不该坐在这里责怪她,她也是没有办法,"文兰慢慢地讲。"丽华姨两岁那年就被过继给一个地方法官家。法官家也很有钱,但没有孩子。丽华姨过继给法官家不久,法官添了房姨太太。一年后,姨太太生了个儿子。有了儿子,法官家开始嫌弃过继来的女儿。太太和姨太太经常找借口打骂丽华姨。她后来告诉我,她的身上几乎没有一块骨头是完整无损的。六岁时,丽华姨从法官家逃走,一个人流浪到了香港,后被收容进一家孤儿院。但多年的打骂使她的脑子受了重伤。"

一对恋人从他们身后走过。男士搂着女士的腰,女士脸上洋溢着幸福和甜蜜。

"结婚后,先生又接着打骂她。为我的病,她也受了不少磨难。后来,她的先生在外面有了一个情妇。"

姚陆生开始有些明白了。

"一天晚上,姨父回家用刀逼丽华姨离婚。他的情妇那时快要生产了。威吓时,他一眼看见我,便扬言,如果丽华姨不答应离婚,他就杀死我。我吓得跑出家门,在离家不远的一个街头角落里过了整整一夜。不久,他们离了婚。可丽华姨还是不停地接济他的新家。家里的东西几乎全都卖光了,就连平时省吃俭用攒下的几个钱,丽华姨也一起交给前夫,养育他的三个孩子和太太。每天傍晚等菜场收市的时候,丽华姨就带着我到菜场拾捡被人丢弃的蔬菜叶子,拿回家后,用盐煮过当菜吃。"

姚陆生边听边摇头。

"所以,我不能怪她。带我长大不容易。加上她有病,就更难了。"

文兰停了下来。他们俩默默地坐在池边,各自回想着自己的过去。姚陆生感到文兰的手触动着他的胳膊,"陆生,天不早了,明天还得上工呢。"

姚陆生不记得他那天晚上是怎么把文兰送回家的。回到自己家后,他在床上翻来覆去睡不着觉。文兰告诉他的故事以及他自己所经历的事情像一幕幕电影,不断地出现在他的眼前。他知道文兰父亲是因做过国民党将军而被处决的。文兰的出身比他还要差。尽管文兰被丽华姨收为养女,但还是逃不出"黑五类"的成分。文兰的姨和她母亲一样出生在有钱人家,虽然她从没享受过富有小姐的生活,论成分和血统,她还是会被划为剥削阶级家庭出身。父亲被镇压,养母又是地主出身,文兰的境遇可想而知。

文兰的处境确实很差。初小毕业后,十四岁瘦小枯干的文兰被立即送往离广州城四十里外的五里寨落户。她对农村的生活毫无准备,对农活一窍不通。最初的两年最难熬。她甚至于想过自杀。但渐渐地,村里像阿芳姐那样的好心农民在生活和劳动中给了她不少帮助。阿芳姐是个虔诚的基督徒。

她为人善良、忠厚，乐意帮忙。从她那里，文兰除了学会做农活外，还学会自己养鸡、种菜。

"文革"期间，成群结队的知青从城里下乡到五里寨插队落户，但没过几年，他们又通过关系回了城。和姚陆生所在沙坪村一样，五里寨的青壮年农民也开始纷纷离村逃往香港，甚至连村民兵队长也失了踪迹。越境未遂的农民被送回村后，草草批斗后又放回地里务农。但文兰明白，如果她做同样的事，她不会被轻易放过去的。

一九七四年初，也就是文兰在五里寨插队落户的第九个年头，她听说香港方面将不再接受从大陆逃出来的难民了。文兰和同村另外两位农民便计划夏天一起泅渡厚海湾去香港。临行前，她去向阿芳姐告辞。阿芳姐双膝跪地为她的行程祈祷并教她背诵诗篇二十三篇。在靠近厚海湾的头天晚上，她和同伴们与姚陆生一行相遇。

第八章　定居美国

姚陆生和文兰约好，赶在他去夜校上课之前在九龙公园见面。

"祝贺你，文兰！"姚陆生一见到文兰就开口祝贺道。他由衷地为文兰能结束裁缝学校的学习而高兴。

"陆生，多亏你的鼓励。过几个月，你也要结束电工学习了。"文兰高兴地说道。

姚陆生看着文兰高兴的样子心里甜滋滋的。将近两年了，他们一面工作一面坚持上夜校补习各自的专业知识。姚陆生现在一家药品试验室里做清洁工作。工资虽然低，但比在点心店做工要轻松很多，有更多的时间学习。

"闫三来电话了，"姚陆生半天才吐出他想讲的话。

"有什么事吗？"

"太行电器公司招收维修工，"望着文兰秀丽的面颊，姚陆生慢慢地答道。

"陆生，你真急死人了！有话快说嘛。你有没有去申请？还在考虑什么？"文兰恨不得能从姚陆生嘴里挤出话来。

"我想先问问你的意见。"

"陆生，你应该申请。工钱过得去吗？"

"起薪不高，和现在差不多。"

"有了经验后，也许能找到更好的事做。"

"那我就去报名，"姚陆生拿定了主意。

一星期后，姚陆生被电器公司录用。他学得快，工作勤奋，很快就掌握了维修技术。不到一年，他工作的速度和质量就超过了在公司里做了许多年的老职工。不久，姚陆生便被转到电视机组做工，收入翻了一番。他从电器夜校毕业后，拿到了电工。文兰在她朋友办的一家裁缝店里做了裁缝。

一九七七年春，姚陆生和文兰在尖沙咀一家浸信会教堂里举行了婚礼。一年后，文兰在美国的一个姨妈为他们办理了移民手续，夫妇俩来到了美国西雅图，开始了他们的新生活。

初夏的西雅图，即使是艳阳高照，天气也很凉爽。市区四周环绕着海湾和湖泊。远处白雪盖顶，峰峦起伏的山脉隐约可见。姚陆生和文兰从心里感激能在这座美丽的海滨城市定居，但在他们面前还有数不清的障碍和磨难等着他们去克服。不懂英语，他们只好在中餐馆打工。工余时便到夜校进修英文。学会讲些英文后，姚陆生申请到一份在美国人开的一家电器维修公司的工作。虽然他比同事工作卖力、效率高，但拿的工资却是最低的。一天，一位过去在餐馆一同打工的朋友告诉他，西雅图的一家造船厂在招考一名水管焊接工，起薪比他现在的工资高两倍。姚陆生决心去试试。

"陆生，别忘了你以前从来没干过这活儿，"文兰听到姚陆生报考惊讶不已。她刚刚生了个女儿，取名叫珀丽，家里急需用钱。文兰因生孩子不能工作，姚陆生成为全家唯一有收入的人。

"餐馆的金大卫答应帮我准备考试，"姚陆生耐心地回答道。

"如果他能帮你，他为什么自己不去考呢？"

"别担心，文兰。金大卫是个热心的韩国人。他在中餐馆当了多年厨子，收入不错，还会讲广东话。来美前，他在首尔造船厂做过水管焊接工。"

姚陆生在韩国朋友的指导下,开始了紧张的应付考试的准备工作。每天下工后,姚陆生就赶到餐馆。金大卫用他那几句广东话和混杂着韩国话的英文教授姚陆生如何回答考试中可能会问到的问题。两个星期后,姚陆生奇迹般地通过了笔试,被船厂录用了。上班的头一天,姚陆生被领班叫去。领班让他去焊接一只新船上的全部水管。姚陆生手里攥着一叠图纸,满头大汗地走出领班办公室。

来到船上,打开图纸一看,姚陆生顿时觉得两眼发黑,头脑发胀。图上的线条尺寸在他看起来像是天书。他想趁早把这份美差辞掉了事。但仔细研究了一下图纸后,金大卫教他的那些东西有些生效了。他开始认出那些线条、数码和水管的大概方位。下班后,他把图纸偷偷带给金大卫看。在餐馆的饭桌上,他俩共同研究图纸上的水管管路和尺度。在朋友的指点下,姚陆生照猫画虎,在船上做起工来。

两个月后,姚陆生完成了焊接工作。船厂的水管焊接检察员前来验工。姚陆生在一旁焦急地等候验工的结果。

"哦,你是…?"

"姓姚,名陆生。"

"姚先生,这活儿做得不赖,"检察员开了口。他是个美国人,名叫凯文·克拉特,三十出头,讲起话来有说有笑。

"姚先生,做了多久水管工啦?"检察员突然由评论转为反问,把姚陆生吓了一跳。他不知所措。看到姚陆生张口结舌为难的样子,凯文大笑起来。

"姚先生,其实你做得并不坏。尽管你我都在不该切的地方切了孔,装的管子有些不太合乎规格,但比我十年前第一次承担的焊接任务,你完成的要好得多。" 说完,凯文向姚陆生调皮地眨眨眼。

"言归正传，姚先生。你把冷热水管装反了，这得返工重做。别灰心，熟能生巧，谁一开始都会做错事的。"

"谢谢你的鼓励，克拉特先生，"姚陆生被检察员和蔼友善的话语所打动。

"叫我凯文好了，"检察员说道。"做焊接这活儿，关键是位置要找对，尺寸大小要按图纸的数据。姚先生，看得出你会是一把好手的。船厂工会筹办的各种技术训练班，其中，有焊接方面的课程，有空不妨去听一听。"

听了克拉特先生的建议，姚陆生报名参加了工会的技术训练班。他选修了几乎所有有关的课程。像他在香港上电工课一样，姚陆生在训练班的学习成绩出色，很快就掌握了焊接技术的要领。他边学边实践，把新学的知识用于改装、焊接水管上。不久，改装好的水管通过检验。

"姚先生了不起，"凯文向他祝贺。"我说过，你会干得很出色的。你的手很巧，又有头脑，这都是神的恩赐，没有人可以从你的手中拿走。"

姚陆生一直记着凯文的这句话。自从他和文兰来到西雅图后，就开始每星期去一家粤语浸信会教堂。从大陆出来后，姚陆生遇到许多乐于助人的好心人。他从内心感激主宰他一生的那位神。诗篇二十三篇，常常使他想起神是如何恩待他，使他在枪口下，在厚海湾里死里逃生、化险为夷的。

当西雅图邮局系统招收新雇员时，文兰报了名。通过考试后，她被录用并被分配到离家不远的邮局工作。两年后，姚陆生和文兰用他们所积蓄的钱在学院区买了一所房子。文兰又生了一个儿子。因凯文·克拉特对姚陆生帮助很大，他们特意为儿子取名叫凯文。

姚陆生在造船厂一直工作到一九九二年。随着苏联的解体，冷战宣告结束，船厂因国防军费开支消减而倒闭。姚陆生和成千上万的造船工人一起加入了失业大军。

不久前他和文兰在西雅图北区，买了另一栋房子。虽然姚陆生参加了工会组织的就业训练班，并在西雅图北区学院里选修了电工课程，可结业后还是找不到工作做。

四月里的一天，姚陆生对文兰讲，他想自己经营一家水暖公司。那天正好是文兰的休息日，夫妇俩在一起为孩子们包他们最爱吃的饺子。温暖的春风从窗外飘进屋里，厨房外是他们的后院。院内一片绿油油的草坪，四周是他们一起种的五颜六色的杜鹃花，风信子，郁金香和黄水仙。

"到哪儿去筹备贷款，陆生？"文兰问道。"自己开水暖装修公司得有执照才行，你不是说过很难考取吗？"

姚陆生知道文兰的忧虑不是没有道理的。现在全家四口只有文兰一人有收入。十四岁的珀丽和十二岁的凯文除上学外，一个学钢琴，一个学大提琴。虽然学费贵，但为了让孩子们受到良好的教育，姚陆生和文兰坚持让他们学下去。

"我会抓紧时间准备考试的，"姚陆生诚恳地说。

"如果你有把握，就去考好了，"文兰一边说，一边利索的包着饺子。姚陆生高兴地点点头。

"自己经营公司很不容易，何况你的年纪也不轻了，要格外小心。"

"我会小心的。这些年，一有难处时，我就想起过厚海湾时，你教我们背诵诗篇二十三篇的事。我们真是有福气，神一直对我们眷顾。"

文兰抬头朝窗外五彩缤纷的花园望去。厚海湾虽然远在大洋的另一端，但她没有忘记她和姚陆生一同经历的过去。

从文兰的表情上看，姚陆生知道文兰已同意他的提议了。

姚陆生开始为考试做准备。他把以前在工会学的所有有关维修、装修、焊接水管的课本和笔记找出来复习，并在图书馆查找有关在商业区，住宅区安装水管的规定和条文。几个星期后，他顺利通过考试，获取了营业执照。同年，姚陆生注册成立了一家水暖公司。开张营业以来，因为姚陆生会讲粤语、国语和英语，服务范围广，顾客多，生意很兴隆。随着他的技术和职业信誉的提高，姚陆生开始承包比较大的水管安装项目。

第九章 工地风波

姚陆生和韩江花了整整五个星期，才把巴里黄公馆内的冷热水管，排气管，下水道，九间浴室的浴缸和淋浴设备全部安装完毕。现在这尊巨型丹顶鹤有了一套完整的新陈代谢系统。在正式验工前，姚陆生打电话给区里的检察员，请他来看看他做的工是否合乎标准。检察员查克·纳尔逊同意来工地看看。从同事那里，纳尔逊听过不少赞誉姚陆生的话，并知道姚陆生是西雅图唯一拥有水暖工执照的美籍华人。

姚陆生打过电话后的第二天早上纳尔逊就来到工地。纳尔逊个头很高，身体粗壮，头上的棕发已开始变灰。这天，纳尔逊穿了一件褪了色的牛仔裤和一件橄榄色羽绒衣。见到姚陆生彼此寒暄之后，纳尔逊便从车库开始查看。姚陆生和韩江紧张地跟在后面，仔细听着纳尔逊的评论。

"姚先生，这房子可真不小啊！"检察员一边从车库的楼梯往上走一边说道。

"是不小，"姚陆生答道。

"安装这么大一座房子的管道要花很多功夫，不容易啊！"说着，检察员登上二层楼认真查看洗衣房，浴室和厨房内的各种管道。当他正要转身向三楼走去时，巴里黄出现在他们面前。

"你是从区里派来的检察员吗？"巴里黄劈头就问。"我看见从区里来的车停在楼前。"

纳尔逊不知道讲话的是何人，便把头转向姚陆生。

"纳尔逊先生，这位是房主黄先生。"姚陆生连忙介绍道。

"黄先生，很高兴见到你，"纳尔逊首先打招呼。

"怎么没人通知我验工的事？这是违法的！ 查……"巴里黄记不清检察员的名字，他的嗓音里充满了怨气。

"查克·纳尔逊，"检察员主动提醒房主他的名字。

"我一直在等你来，好让你亲眼看看这位冒牌的水暖工把我的房子糟蹋成什么样子！"巴里黄操着他那不伦不类的河南英文一边对着检察员说，一边斜眼看着姚陆生。

"黄先生，"纳尔逊说，"我先声明，我来这里，是受姚先生的邀请，看看他做工的情况，并非正式验工，更不是来评判谁是谁非的。"

巴里黄没好气地点燃了一支烟，借以掩饰他的恼怒。

"但你毕竟是个检察员，"他忍不住地讲，"你最清楚有关规定。你看看姚把我的地板糟蹋到什么地步了！"

纳尔逊看得出，虽然两块胶合板被暂时撬出来过，但它们很容易被放回原位。

"再看看这根下水管道，安在那里多难看！"巴里黄用手指着连接二、三楼的下水道水管。"原本就不应该在那儿。这难道是有营业执照人做的活儿吗？"

韩江一声不响地把图纸递给检察员。纳尔逊看后苦笑着对巴里黄说，"黄先生，下水道放在这儿是对的。你不喜欢，可以跟姚先生商量。"

"跟他商量个屁！他要是通情达理，我还用跟你费口舌！你最好把它记录下来，省得他以后赖账！" 纳尔逊摇着头，无奈地从口袋里拿出一个笔记本，把巴里黄要求改工的地方记了下来。

"你再看看天花板椽子上那个大窟窿。以后整座楼都会因它而垮掉。"巴里黄边说边指着头顶上的缘木。

纳尔逊抬头看了看。那根椽子上的洞是钻得大了些，但纳尔逊可以看出，椽子和椽子间的空间狭窄，下面又装有为厨房照明和排烟所用的本质框架。在这种位置下钻洞打孔是很不容易的。他现在猜想到，姚陆生大概在工程进行很晚后才被叫来安装排水管的。

"看看那个大窟窿。我不知警告他多少次了，可他全当了耳旁风了。你来评评这难道是职业水管工干的活儿吗？"巴里黄的脸气得发紫。

"黄先生，我觉得有必要提醒你一句：我在这儿不是公断是非的。有话好好说，何必动肝火呢。姚先生做的工，如果有违章的地方，我会告诉他的。"纳尔逊看着巴里黄讲。

"你看看他那副不可理喻的样子！明明是个江湖骗子，还打肿脸充胖子。"巴里黄说着转身冲着姚陆生吼道，"骗到我黄某的门上了，算我当初瞎了眼！这次我让你吃不了兜着走，赔偿一切损失，赔到你吐血为止！"

纳尔逊无奈地耸耸肩、摇摇头，走出厨房。到三楼后，环视一遍，没有发现什么问题，他便转身走下楼，来到底层车库。姚陆生和韩江默默地跟在他后边。巴里黄尾随着他们，嘴里不干不净地不住地嘀咕着。

到了车库，巴里黄再一次叫住检察员。他指着车库的地面说，"纳尔逊先生，你都看见了吧。瞧瞧这儿，有谁把排水管子安在墙外的？这不是邪了门是什么？"

纳尔逊转向姚陆生。

"这是我的错，纳尔逊先生，"姚陆生解释道，"做地基前，我在放排水管道时考虑到管道会压到地基线上，所以把接管处有意地放在离墙几寸的位置上。"

"姚先生，你过虑啦。照规定下水道可以安放在地基线上，"纳尔逊边说边向车库的出口走去。

"纳尔逊先生，你不能就这样不了了之啊。我还没把话讲完呢。你说他干的这活儿糟不糟？"巴里黄大声质问道。"如果你认可这种糟活的话，我可是要和你打官司的。姚明显是个骗子，你不能就这样便宜他！"

巴里黄转向姚陆生，又开始破口大骂，一直骂到他自己满头青筋暴涨，满口白沫四溅。

纳尔逊先生被眼前这一幕惊得目瞪口呆。他摇着头说，"黄先生，有话慢慢说。我讲过，如果对姚先生做的工有意见，你俩可以坐下来协商。挪管子换位置，都是可以协商的。只要跟姚先生打声招呼，没几天就可以改好。对不对，姚先生？"

面色苍白的姚陆生勉强地点点头。

检察员看看手里的表说，"时间不早了，我还另有公事。姚先生什么时候觉得可以验工就请给我打个电话。"

"那返工的事呢？还有因返工而造成的其他拖延该由谁负责呢？"巴里黄逼问着。

"黄先生，返工的事你得和姚先生商量。我想用不了一周就可以完成。你说对吗，姚先生？"纳尔逊一边说一边朝姚陆生挤挤眼。

"一周后，我再给你打电话，"姚陆生一口答应。

纳尔逊的车开走了。午饭时间到了，姚陆生和韩江一点胃口也没有。姚陆生还是把微波炉从车上搬进老房内的厨房。他们一边热着饭，一边默不作声地各自想着刚才发生的事。韩江感觉特别窝囊。上午，除了跟着生了一肚子气外，什么忙也没有帮上。面对巴里黄这种无赖，就像当年在延安插队

65

时对那些不讲道理的村干部一样，韩江感到束手无策，无能为力。

巴里黄嘴角叼着根烟，旁若无人地走进厨房。走到满是老鼠屎的柜台边，他抓起电话听筒，用劲地拨了几个号码。

"罗杰在吗？"巴里黄问道。

"我是谁？我就是在华盛顿湖边造公馆的巴里黄。"巴里黄显得有些不耐烦。他斜着看了一眼坐在旧沙发上的姚陆生和韩江，又继续冲着电话喊道，"什么？没听说过？罗杰在那儿？他的那班人早该来我这儿干活了。什么？参加葬礼？他老爸死了？那别人呢？难道他们家里也死了人了？他回来后，告诉他，他负责的暖气项目拖延了我整个工程，他得赔偿一切损失。不然的话就上法庭。"说完，巴里黄把电话嘭的一声挂上，甩掉烟头后，便转身出去了。

韩江的耳朵被巴里黄的吼叫声震得嗡嗡作响。他简直不敢相信巴里黄在电话上对正在办理丧事的美国工人这样无情无礼。姚陆生看起来一样的惊讶和气恼。热好的饭早就凉了。韩江站起身又把饭盒放进微波炉。厨房内除了微波炉旋转的声音外，静得可怕。随着"叮"的一声，饭又一次热好了。韩江把饭盒递给姚陆生，坐回了沙发。

"陆生，"韩江忍不住地问道，"怎么办？你想一个星期能返完工吗？"

"一个星期恐怕不够，可我们只能尽力而为了。"姚陆生答道。

"那你为什么答应一周完工呢？"韩江不解地问。

"少听他啰唆呗，"姚陆生愤愤地答道。

下午，姚陆生和韩江在新房厨房里做工时，黄梦龙走进屋来。

"我父亲从区办公室请来一位建筑工程师，"梦龙慢条斯理地讲。"他刚做完结构测定，结果你在橼子上钻的窟窿太大，已构成危险。加上橼子上支撑的是两间浴室，包括有四百磅重的铸铁浴缸，危险性更大。"黄梦龙边说边指着厨房顶上的橼子。"工程师建议结构加固。这是他对材料估算的数目，你先看看。"说着，他递给姚陆生一张从计算机上打印出来的数据单。

在姚陆生看数据单时，韩江从一旁看到$376.16用醒目的红笔画了个圈。

"这仅仅是对加固材料的估算，实际上也可能低了些，"黄梦龙接着讲。"至于工钱方面，那就更难说了。要根据实际情况来定。"韩江注意到梦龙的眼睛已不再像以前那样柔和了。在姚陆生看数据单时，梦龙的眼睛像他老子一样寒光逼人。

"梦龙，有话直讲，别转弯抹角的，"姚陆生质问道。

"陆生，你是知道的，加固这活儿不是谁都可以做的。我和另外两个木工得用两天的功夫才能解决。我们三个加起来，一天工钱是五百美元。如果你嫌价码高，可另请高明。"

"梦龙，"姚陆生打断他的话，"你别欺人太甚！别忘了，你是工地总管。每次做工时，我都跟你商量，你每次都点头同意的。"

"你是什么意思？我叫你锯断楼梯或叫你跳楼，你会干吗？别一出事，就想往别人身上推，"说完，梦龙气冲冲地走了。

姚陆生愣在那儿一言不发。韩江好像又经历了一场风暴。要不是姚陆生提起，他差点忘记梦龙是工地总管，负责监察每项工程。缘木上的窟窿一事他是有责任的。韩江看得出，梦龙和他老子巴里黄是一丘之貉。他原想巴里黄对姚陆生之所以百般刁难，是想把姚陆生气走，这样可不用支付工钱。但现在看来，巴里黄父子不仅想让姚陆生白给他们干活，还要千方百计地从姚陆生身上倒赚一笔。一想到这儿，韩江气就不打一处来。

"陆生，怎么办？"韩江发现自己在危难的时候总是束手无策。

"不管它了。做我们所能做的，"姚陆生答道。

韩江暗自想，也许姚陆生还没有觉察到自己的绝境。

"陆生，我们也不能坐以待毙，让他们活活整死啊。"

"不会的，韩江。不会到那种地步，"姚陆生安慰道。"加固的事就让他们去做好了。我们自己请人，他们还会想方设法找碴儿的。你说呢？"

"陆生，我听你的。现在我们该做什么呢？"韩江问道。

"我去租一台打地机，车库的活非有它不可。要把排水管移进墙内，得打地挖洞，把管道衔接处挖出来，重新调整接到墙内。这活儿我来做。你可以把厨房这根下水管按巴里黄的要求向左横移半尺。你需要用四寸钻头在梁上钻洞。在梯子上，要格外小心。四寸钻头很难控制的。"姚陆生边说边指给韩江移动的位置。

"陆生，没问题。你放心好了。"韩江说着已开始把折叠扶梯移到墙边。

姚陆生开车去租打地机了。韩江换好四寸钻头后，一手提着沉重的手钻，一边往梯子上爬。爬到梯子顶端，便开始在梁上量好的位置上钻洞。梁木很结实，要用很大的力气才能打穿。韩江在梯子上站稳后，右手握紧钻把和开关，左手托着钻头的背后，向钻头方向施加压力。电钻开动后，韩江一边工作，一边回想着这些天在工地上发生的事情。突然电钻嘎的一声卡在洞槽内不动了。韩江试着扳动开关，电钻还是一动不动。他又试着调整钻头的角度，钻机忽然跳跃扭动起来，冷不防将韩江的右臂抻了一下。韩江立刻感到上身右半边一种撕裂的疼痛。全身一下子瘫在梯子上。过了好一会儿，韩江才能支撑起自己。他慢慢地从梯子上爬下来，背靠着墙壁的一侧，等着陆生归来。

姚陆生租到了五十磅重的打地机返回工地后，知道韩江受了伤。立即建议收工回家。

"陆生，反正你已经租到打地机了。我虽然帮不了忙，但可以坐在这儿陪你。租这么大的机器租金要多少？"

"如果六点前还的话，只有六十美金。"韩江看看手表，时间是下午三点钟。

"陆生，还有三个小时，还是抓紧时间干你的活儿。我休息一下后就会好的。"

在余下的时间里，姚陆生没有间歇地在车库里奋战。需要改道的地方共六处，他要用打地机在六寸厚的水泥地上打穿六个一平方尺的洞。五十磅重的打地机发动起来震耳欲聋。操作机器时，姚陆生要用全身的力气控制它。随着机器的吼叫声，姚陆生的整个身体有节奏地震抖着，汗水不住地从他头上流到脸上和脖子上。他脚下厚厚的水泥被一层层穿透。每当姚陆生停机调整角度和位置时，韩江就侧卧在坑边，用没有受伤的左手或手铲轮换去清理堆积在坑洞里被打碎的水泥石块。

他们就这样不停地工作到傍晚五点三十分。只完成了一半工程。为按时退还打地机，他们只好收工。赶到出租打地机店时，一位店员正准备关门。韩江暗自苦笑道，这是他们一天来唯一幸运的事。

姚陆生的车开到韩江家门前时已经是晚上七点钟了。韩江很想立刻躺到床上休息，可右胸处的伤痛得他走不出车门。

　　"韩江，你应该看看医生，"姚陆生劝道，他的声音里流露出担心和忧虑。

　　"一点小伤，休息后就会好的，"韩江强打起精神。

　　"我想你还是去看看医生，休息几天。"姚陆生坚持着。

　　韩江已经下车了，听到陆生这样讲，他只好转身靠坐在原位。"陆生，我知道肌肉拉伤后，我帮不了你什么忙了。实话告我，工地上的事需不需要我？"

　　姚陆生好一阵子没有开口。

　　"韩江，我知道你需要休息养伤。工地上的事，我也希望你能在场。"

　　"那咱没二话，明天一定去。"韩江打断姚陆生的话。"但你必须答应我一个要求。从今天起，停发我的工钱，我反正没做什么事。再说，你没拿到钱，我怎能接受工钱呢？这不公平。"

　　"韩江，你不能这样。你的工钱是你应该得到的报酬。"

　　"但你连一分钱还没拿到手呢！巴里黄从一开始就没有诚意付你工钱。还是那句话，除非你拿到工钱，否则我一分钱也不能收。就这样一言为定啦。"韩江说着，从座椅上滑出车门，向家走去。

第十章 海外学子

第二天早上七点前,姚陆生的车开到了韩江家的门前。艾琳一边递给他饭盒和水壶,一边小声嘱咐道,"别忘了午饭时吃止痛片。我在药瓶里多装了几片,以防万一。小心点,不要再伤着右半身。"韩江点点头,朝姚陆生的车匆匆走去。天还很黑,寒风刺骨,但至少没有下雨。

"现在感觉怎么样,韩江?"姚陆生关切地问道。他把车退出停车场。

"止痛片很灵,吃了以后,好受多了。"韩江回答道。

在去工地的路上,姚陆生在一家大型五金工具店里买了台价值七百美元的四十磅重的打地机,另外又买了台价值一百二十五美元的抽水泵。

"你真的需要这么贵的东西吗?"韩江问道。

"这几天每件活儿都离不开它们,"姚陆生边说边坐进车里。

到了工地,姚陆生和韩江花了一上午时间,完成前一天没有干完的活。六处下水道衔接的地方已经打开。下一步是锯断坑内的排水管,重新调整,移进墙内。虽然韩江只是做些清理工作,午饭时他已累得疲惫不堪。加上药劲儿已过,浑身疼痛难忍。

姚陆生把微波炉从车上搬进老厨房里,放在柜台上开始热饭。

"累了吧，韩江？"他边说边把热好的饭盒递给朋友。

"越来越没用，"韩江无力地点点头，"干点活就伤着了。"

"怎么能这么讲？你受了那么多年的教育，怎能没用。"

"学了那么多年，到头来还是没用，"韩江接过话来。

"韩江，你和艾琳是哪年出国的？"姚陆生边吃边问。

"一九八四年。"

一晃离开大陆快十二年了。十二年前，韩江和艾琳出国时，他们已结婚四年了。艾琳在大陆住了近十年。和艾琳十年前初次来大陆相比，那时国内的情形变化很大。人们开始更多地注意改善生活水平。韩江和艾琳觉得他们需要多学些知识，为以后从事教育工作打好基础。

"你们读了那么多年的书，真不容易！"姚陆生感叹地摇摇头。"珀丽高中毕业后准备申请华盛顿大学。现在学费越来越贵。到外州学习更贵。文兰希望她留在本州上大学。"

"珀丽可以在课余时打些零工，"韩江建议。

"那怎么行！我们送孩子上学，怎么能让她去做工？"

韩江明白中国家庭的传统。

"我们在英国没有机会打工。艾琳父母支付了我们全部的学费和生活费。"

"你喜欢英国吗？"

"怎么说呢？在英国，我和艾琳都经历了许多意想不到的困难。我那时心理负担很重。英国学费很贵，外国留学生要交三倍于英国学生的学费。因为艾琳父母支付我们所有的费用，我想我要是拿不下学位的话，真有些对不住艾琳父母的期望和帮助。"

"韩江，你怎么会拿不下学位呢？你本来学的就是英文呀。"

"还说是学英文的，"韩江惭愧地摇摇头说，"第一次坐在研究生班里听课，教授讲的是什么我几乎一句也听不懂！我在国内学的就是英文。到了英国，连教授留给下一堂课的作业都听不懂。"

姚陆生好奇地望着韩江。

"许多从剑桥出来的教授，讲话时嘴一动不动，"韩江边说边摇头。

"记得拿回第一篇批改过的作业。教授在最后一页评语上含蓄地暗示，我是研究生而不是大学生。读了评语后，我惊呆了。这是我费力写出的东西！陆生，我心里能踏实吗？"

姚陆生同情地点点头。

"这是我后来大病一场的原因。为了在期末赶出两篇像样的论文，我没日没夜地阅读，做笔记。稿子写了一遍又一遍。论文交出后，我就病倒了。连日发低烧。"

韩江沉浸在对往事的回忆中。他记得交了论文从系里回到宿舍后，他就开始浑身哆嗦。整整一个星期，他躺在床上发低烧，出虚汗，不想吃东西。艾琳带他到学校门诊也查不出病因。无奈，医生只好留他住在诊所病房里进行观察，并请来医院的专科大夫对他进行检查。但请来的医生也没查出是什么问题，韩江的低烧还是持续不断，身体也一天天得越来越虚弱。因为查不出病因，医生无法开对症的药，就给了他一些阿司匹林。有生以来，韩江第一次想到他可能会病死。

住进诊所的第三天下午，一位牧师轻轻走进他的病房。牧师是位年轻人，在学校的教堂里供职。他每天下午都到病房看望病人。那天，牧师在韩江的床边静静地坐了几分钟。临走前，他对韩江说，"别担心，你一定会好的。"说完，他把一块包装精制的巧克力糖放在韩江的枕边。

"每天下午我去幼儿园接我的女儿,我都要给她带一块巧克力糖。这次她不会介意我把给她的糖给了你。不用担心,你的病一定会好的。"牧师轻声地对韩江说。

牧师走后,韩江忍不住地哭了。在延安的那些年月里,多大的困苦和磨难都没能使他掉过一滴眼泪。那天晚上,校医请来的专科大夫告诉艾琳,他们需要把韩江立即送往医院检查治疗。在艾琳的陪伴下,韩江被送进一家当地的传染病医院。被送进一间隔离病房后,护士就给艾琳叫来了出租车送艾琳返回学校。

那天夜里,韩江翻来覆去睡不着觉。在床上,他的身上仅仅盖着一条薄线毯。一股冷风不知从哪儿吹在他的头上。韩江用力支撑着身体坐起来,费力地侧过头,寻找风源。窗上玻璃的一角有个缺口,冷风就是从那里吹进来的。他没有力量站起来把缺口堵上,只好重新躺下,在冷风中回想着往事。他想到了延安插队的情景,想到了艾琳、在北京的父母和朋友。不知什么时候他睡着了。第二天早上醒来时,韩江感到饥饿难忍。

韩江住进传染病医院的那天晚上,艾琳彻夜不眠。她反复翻阅仅有的几本字典,查找黄病、霍乱和军团病(Legionnaire's disease)的解释,看是否和韩江的病状相符。韩江得病期间,他们大学所在的小镇上有八位病人相继死去。死因是医院通风、循环水系统被第二次世界大战时遗留下来的军团病菌污染。艾琳怕韩江体弱也染上这种致命的病菌。她越想越害怕,恨不得天马上就亮,她好去医院看韩江。她知道韩江不能没有她在身边,更不能在没有她的时候悄然离去。

艾琳一大早天还没亮的时候,就已等在了车站。从学校到医院二十多里路,到了医院时,天已大亮。当艾琳来到韩江的病房时,她吃惊地看见,韩江正聚精会神地选择电视频道。奇迹发生了,韩江的病不治自愈了!

果然,第二天韩江就出院了。医生半开玩笑地对他讲,"你真有两下子,刚抽完血化验,病就好啦。" 韩江事后也开玩笑地说是病房窗户玻璃上那个缺口医好了他的病。这所医院原是维多利亚时代的一个大仓库。病房简陋,设备陈旧。但在韩江的内心,他觉得是一种莫名其妙的力量驱走了他身上的病魔。

"韩江,听你说过,艾琳在英国也得过一场大病?"姚陆生的问话打断了韩江的回忆。姚陆生从自己带来的暖水瓶里给自己和韩江各倒了一杯茶水。

"对。艾琳的腰椎出了问题,"韩江答道。"在国内时,她的腰就不太好。到英国的第二年,她的腰病突然发作并影响到右腿,没几天便行走困难了。艾琳在床上躺了整整两个月。校医把她送到当地一家治疗腰伤的特殊医院。她在那里住了六个星期。医生用了各种治疗方法都没有效果。那家医院,有一位在治愈腰伤方面很有名气的医生。由于医术高明,他常常应邀去外面讲学。艾琳住院期间,这位医生正在巴西传授他的医术。"

韩江喝了一口茶又继续讲。"那位大夫回来看过艾琳的病情后,决定采用他发明的治疗办法。这种疗法有效率很高,但要冒险。简单地讲,就是在艾琳腰椎间盘突出的软组织上注射一种生化酶,让生化酶吃掉压迫神经的那部分软组织。医生警告说,生化酶如果注射到错的地方,会损坏神经,还可能会造成终生瘫痪。"

姚陆生面部显出紧张的样子。

"我打长途电话,把医生的决定通知给艾琳的父母。他们说,尊重医生的意见。这样我就在那张可怕的同意书上签了字。"

姚陆生早已吃完饭。往常他会立刻返回工地干活的,可今天,他坐在那张旧沙发上听得入了神。

"手术前的那个晚上,我一直陪着艾琳,直到探视时间结束,我才离开病房。"韩江接着讲。

"一出医院大门,就看见公共汽车离开了车站。追过去已来不及了,而要等下一趟车,至少要一个小时。英国四月的天气比西雅图还差,又湿又冷。"

姚陆生苦笑着。

"陆生,要不要先去干活儿?以后有机会再扯这些事。"韩江问道。

"没关系,你接着往下讲吧。"姚陆生很想知道韩江和艾琳的过去。

"那天晚上,"韩江接着往下讲,"我独自一人站在又黑又冷的路边。不远处,看见一家卖炸鱼和土豆条的快餐店,我就走了过去。推门进去后,店里除了女主人外,别无他人。女主人一看到我,就猜出我是探望病人的。女主人很友好,她知道我并不想买什么东西吃,但她还是主动让我坐在她的店里等下班车。她说到医院探望病人的家属误车后,常常会到她的店里来等车。闲聊中,我把艾琳第二天要做手术的事告诉了女主人。她说,世上所有的事都在神的手里。他会顾念到你的忧虑的。手术一定会成功的!陆生,你知道我那时是不相信有神的,但女主人的一席话深深地打动了我。"

姚陆生会意地点点头。

"第二天我去看望艾琳。好长时间她才从麻醉状况里醒过来。手术很成功。医生讲，他试了五次，才找到准确的位置。手术后的第二天，艾琳就可以在地上走动了。第三天她就出了院。陆生，这不是奇迹是什么？"

"这真是个奇迹！"姚陆生感慨道。他和韩江的一生确实充满了奇迹。韩江收抬起饭盒。借着茶水，他吞下了两片止痛片。

"该去干活了，不能在这里讲个没完。"

"没关系，我们会按时完工的。我还是头一次听你讲你和艾琳在英国的遭遇。"

那天下午，韩江开始每隔四尺便把衔接好的水管加固在房顶上或地板下。韩江边干边继续回忆着往事。

在英国他和艾琳双双获得了文学硕士学位。毕业后，他们原想立即回国从事教育工作，但在佛罗里达州的朋友来信，力劝他们来美国拿下博士学位后再回国工作。

一九八六年底他们来到美国。从申请到被录取到最后拿到签证，一切都进行得非常顺利。他记得从英国飞到佛罗里达州的那天，天气明朗，阳光灿烂，气候温和。和英国相比，简直有天壤之别。

韩江和艾琳很快就在大学的图书馆找到事做，半工半读。艾琳的一个叔叔在佛罗里达有座房子。每年冬天叔叔和婶婶就会从北部南下，到佛罗里达过冬。韩江和艾琳便在寒假时去拜访叔婶二人。当艾琳的婶婶问他们今后有何打算时，韩江和艾琳还是坚持要回国教书。艾琳的叔叔告诫他们说，"事情总是千变万化的。"

艾琳的叔叔没有说错。一九八九年六月四日，在北京发生了震惊中外的血腥镇压学生的六·四惨案。事件爆发时，韩江和艾琳正在马里兰大学的一对朋友家做客。他们那天冒着炎热潮湿的酷暑,在华盛顿首府玩了一天。回到朋友住处后,从电视上得知大陆当局下令对在天安门广场上手无寸铁的学生开枪镇压的事。韩江和艾琳被这意想不到的惨案惊呆了。

韩江不会忘记六·四前、后,两次在华盛顿首府中国大使馆前举行的声势浩大的集会游行。参加第一次游行的有来自佛罗里达州的校友,还有其他大学的大陆留学生。他们从美国西部、中部、南部和北部,昼夜不停地开车十几个小时,千里迢迢,风驰电掣地赶到华盛顿,在大使馆前汇成几千人的游行大军。他们想通过这个方式,向自己的政府表示他们的不满和失望。他们对政府在六·四期间的所作所为表示愤慨和抗议。

韩江继续在梯子上加固水管。右侧上身撕裂的肌肉使他不断地感到疼痛,而对六·四的回忆更使他感到心痛!他记得第一次大游行时,几千名大陆留学生肃立在使馆面前,同声唱起雄壮的《国际歌》:

"这是最后的斗争,
团结起来到明天,
英特纳雄耐尔就一定会实现!"

韩江感到历史对他们这代人的嘲弄。他预感到这将是他的同代人最后一次在一起唱这首歌了。可怜的被人称为毛泽东时代的人,借着最后一次高唱《国际歌》的机会,来抗议一个公开用坦克、机枪屠杀自己人民的,自称是共产党领导的人民政府。这代人很快将意识到这首歌对他们的讽刺意味。不久,他们将谱写出新的时代歌曲,创作出新的时代语言。

韩江爬下梯子后,将梯子又往前挪动了四尺。六·四留下的创伤是无法治愈的。六·四血案后,在使馆前第二次示威游行比前次规模更大，数以万计的留学生聚集在使馆前的草坪上。学生中有人主张焚烧国旗以示抗议。韩江和艾琳觉得不妥。韩江从坐在草坪上的人群中站起来高声讲道：

"美国是个民主的国家，我们不是想要民主吗？为什么我们不能从现在就开个好头，搞一次民主表决？有人提议烧国旗，如果这是大多数人的意愿，我们就照着办。现在同意烧国旗的请举手。" 韩江和艾琳高兴地看到，坐在草坪上的同伴们几乎没有多少人举手同意烧国旗。

到了傍晚，韩江已从车库移到了二楼。姚陆生宣布收工。

"怎么样，韩江？" 姚陆生在开车回家的路上关心地问道。

"你看上去很难受的样子。伤的地方是不是很疼？"

"疼一点不要紧，回家后再吃点药就会好的。我想我倒不是因为伤痛而难受。一下午，我一直都在想六·四的事。"

姚陆生摇着头说，"别想它了，事情已经过去那么多年了。"

"说真的，陆生，" 韩江问道，"你能想得到解放军会向手无寸铁的学生开枪吗？"

"当然想得到。上面有令，谁敢不从？"

"艾琳和我开始都不相信。我们从没想过，也不敢想政府会这样做。"

"你俩太天真了。文兰和我早就料到他们会用武力镇压学生的。"

韩江静静地坐在车里，一言不发。他知道他和姚陆生在这个问题上看法不同。学运期间，韩江一直认为，政府为了大局会做些让步的。但他万万没有想到，政府会动用武力，血腥镇压。

"韩江，你们是因为六·四的事才决定留在美国的吗？"

"实际上六·四发生后，我和艾琳也没有完全打消回国教书的念头。我们那时认为，民运失败的原因之一是国内普遍文化水平低，对民主的概念和实行不清楚。所以我们还幻想，毕业后回国从事文化教育工作。可艾琳的父母因六·四的发生伤透了心。他们决定放弃回国定居的打算并力劝我们留在美国。"

"你们为什么不改学其他比较实用的专业呢？"姚陆生沉默片刻后问道。

"我们许多学文科的朋友都改了行。"韩江叹息道，"可六·四发生时，我们已修完了全部课程，并已通过了博士资格大考，甚至连论文的准备工作都做完了。再说，改行也不是件容易的事。加上六·四对我们的冲击，整整一年，我们没有心情顾到自己的事。"

那一年，韩江和艾琳参加了许多包括办《通讯》和研讨会等学生会的活动。

"一年后，我和艾琳决定把论文写出来。"韩江接着讲。"虽然我们心里都知道，最近几年不可能回国教书了，但我们还是希望有一天能回国工作。"

姚陆生摇着头说，"我在教会里认识的学文的不是改学商就是改学法律。"

傍晚下班高峰期间，姚陆生的车慢慢地在交通拥挤的公路上向北爬行。他侧头对坐在一边的韩江讲，"六·四后，大陆失掉了多少人才！"

"陆生，别提六·四的事了，想起来就叫人痛心。"韩江看着眼前一排排车后面的刹车红灯对姚陆生说。"我和艾琳总算最后毕了业。到目前虽然找不到合适的事做，但我们也没缺少什么。现在做的这份工虽苦，但干净，我喜欢。当然没有巴里黄就好了。"一提起巴里黄，韩江就按纳不住心头的怒火。

"唉，别提他了，"姚陆生提醒道。"等我们干完活，通过验工后，他会按合同付给我们工钱的。"

第十一章 敲诈勒索

第二天早上，天气又冷又湿。到了工地后，韩江继续加固横向水管道。楼板下面纵横交错的管道加固起来必须认真细心，稍微疏忽，就会错过一段。姚陆生答应帮韩江检查，所以韩江加快了速度。他希望今天能多做些事。天气实在很冷，韩江的手指头冻得有些麻木了，止痛药的药劲儿也越来越弱。午饭的时候，韩江已迫不及待地想吞下他的止痛片和饭菜并想好好地休息一下。

姚陆生像往常一样把他的微波炉从车上搬进老房的厨房里。刚要开始热饭，巴里黄和梦龙一前一后走进了厨房。进来后，他俩便坐在那张老沙发上，各自点燃了一支烟。韩江和姚陆生看到黄氏父子的架势，顿时感到来者不善。

巴里黄身着一件灰色高领绒衣，灰色羽绒服，脚蹬一双黑皮鞋。他坐在沙发上，大口大口地喷吐着烟雾。

"姚，"他用河南话开了腔，"今天咱得把前天梦龙已跟你讲的加固橼子的事说清楚。"说着，从嘴角吐出一缕烟圈。

梦龙穿着一件厚的棕色上衣，一双做工的靴子。他向前探着身子坐在沙发上，默默地抽着他的烟。梦龙看上去比他父亲长得实在。

"姚，"巴里黄接着讲，"你从来不听我的劝告。到头来，出了事，闹出这么大乱子。这要花多少钱才能修好。我现在告诉你，让你知道事情的严重性。"说完他用胳膊肘碰了下坐在一边抽闷烟的梦龙。

"梦龙在这儿是主事的,我就不多说了。" 梦龙像是大梦初醒,喉咙里咕噜了几下。

"梦龙已经跟我说过了,"姚陆生开了口,"就按他说的,材料钱和两天的工钱从合同里扣除。"他和韩江背靠在柜橱上。厨房里除了一、两个油漆桶外,就再没有什么东西可坐了。

"姚,我老实告诉你,这事没那么简单!" 巴里黄不高兴地讲。"两天工怎能修好?至少也得十天半个月。是不是,梦龙?"说完,他转向到现在仍然一言未发的梦龙。

"陆生," 梦龙清了清嗓子,"我可不记得我说过需要多少天才能了事。"

"梦龙,别忘了,你亲口说过需要两天的,"姚陆生坚持着,他开始觉得这事确实没他想象得那么简单了。

梦龙和他老子巴里黄的言行,使韩江又一次想起在延安时所经历的事。那些村干部也是用同样的口径,矢口否认他们曾经说过的话。

"姚,你又在当众扯谎了。我不相信梦龙会蠢到那种地步。两天怎么能了事?睁眼看看,整座楼因你捅的娄子有一天可能会塌下来!" 巴里黄的两眼饿狼似的盯着姚陆生。

"姚,你听好了,要不是看在你我都是中国人的份上,你算是完了!"

韩江此时再也按捺不住憋在心中的怒火。他走到巴里黄父子面前大声地说到,"这还是'看在你我都是中国人的份上'? 好大的面子!你们就是这样对待自己的同胞吗?"

韩江两眼逼视着梦龙说,"梦龙,你也许忘了前天你讲的话,但我没忘。我在场。你当时说,根据橡子上损坏的程度,得用两天时间加固。你没讲起码得用十天半个月的时间。你还告诉陆生,你和另外两位木工一天的工钱加起来是五百美元。我去问过,你雇的木匠一天工作八小时,每小时九美元,每人每天工钱是七十二美元。两个木匠一天的工钱加起来也不过是一百四十四美元,剩下的三百五十六美元就全部进了你的腰包。这仅仅是一天的工钱!就按你说的两天算,梦龙,两天后,陆生要付七百一十二美元给你一个人!黄先生有言在先,这还是看在我们是中国人的份上!"

巴里黄和梦龙没有想到,这位给姚陆生打杂的小工会突然冒出这么多的话,知道这么多的事情。一时间,父子俩乱了方寸,愣在那里,不知道该说什么好了。韩江心里知道,自己正处在说理的优势,便抓紧时机趁热打铁。他转向巴里黄说:

"黄先生,你说修补椽子上那个窟窿至少得十天半个月。那好,你知道整个合同才八千美元。陆生在你的这项工程上光材料费就已花了五千美元,掏的都是自己的腰包。如果按你讲的十天半个月,每天五百美元工钱,你比我更清楚最后的价码是多少!"

巴里黄土灰色的脸变成了猪肝色。他一下子从沙发上站起来,开始在厨房里来回地踱着步子。走过韩江身边时,他突然停下来用两只小眼盯着韩江问,"你叫什么来着?"

"韩江。"

"韩,你很会讲话。但不管你怎么讲,姚也逃脱不了罪责。谁的错,谁承担。说到工钱的事,你知道我一天付给我儿子多少工钱吗?一天拿三百五十六美元有什么稀罕的?你去打听打听,那些大公司每天要付给他们的经理多少钱?我儿子是这项工程的总管,他的责任重,我付给他的工钱当然会高。你难道对这条有意见?"

"黄先生，陆生做工前每次都是和梦龙商议过的。既然梦龙是工程总管，'他的责任重，'难道说工程上出了毛病，他能脱的了干系？"

"我警告你，韩江，别变着方儿把责任推到我儿子头上，嫁祸于人！"巴里黄大吼起来。

"黄先生，有理不在声高。"韩江平缓地讲道。"工程出了毛病，不能随意往别人身上加价加码。梦龙亲口说过，加固得两天。你现在说至少得十天半个月。我们是听梦龙的，还是听你的？"

"梦龙，你是工地总管，这事由你决定。"说着，巴里黄把脸转向儿子。梦龙再次清了下喉咙，慢条斯理地开了口，"加固不超过两天半。除料钱外，每天工钱五百美元。"说完，站起身，走出厨房。

"听见没有，姚？"巴里黄尴尬地问道。

姚陆生无奈地点了下头。

"韩，你把刚才梦龙讲的写下来，做个凭据，以防以后赖账。"巴里黄出门前对韩江吩咐道。

五分钟后，韩江在停车场找到正要离开工地的巴里黄，把写好的协议书递给他。原文如下：

双方协议书

为修补、加固巴里黄公馆厨房顶层和二楼地板之间的被损坏的椽子，房主巴里黄和姚氏水暖公司，双方同意由姚氏水暖公司承担 $371.16 材料费以及每天 $500 的工钱。修补加固工作不超过两天半。

签名人：

姚氏水暖公司：

房主：

日期：

巴里黄对韩江起草的协议书不满意。用他自己的话讲，"写得不清不楚。谁造成的损失？这是非常重要的法律问题。算了吧，还是我自己来写。"巴里黄说完便钻进自己的车子。

三个小时后，巴里黄回到工地，给了姚陆生一份他写好的协议书。韩江在一旁读道：

协议书

姚氏水暖公司承包安装巴里黄公馆内的水管工程。做工期间，姚氏公司在公馆厨房顶层的椽子上违章钻洞，对房屋结构造成危险。经区结构建筑工程师鉴定，需立即修补加固。姚氏公司已承认错误并答应赔偿一切修补、加固费用，包括材料费 ($371.16) 和房主巴里黄所雇工人的工钱。修补加固至少需要两天工时 ($1000) 或不超过两天半工。

双方同意，修补、加固费用，在结账时，将从姚氏合同中扣除。如因此事再引起任何纠纷或因此事上诉法庭，姚氏水暖公司将付所有法律诉讼费用。

韩江忍不住地发问道，"黄先生，我们从来没说过以后如因此发生纠纷由我们付所有法律诉讼费用的事。"

"那不是明摆的吗，"巴里黄不屑理睬地答道。"如果加固完再出毛病，还不是你们的事？"

"那加固费用要写清楚，工钱不得超过 $1250。"韩江坚持着。

"我写得很清楚,为什么要改?"

"注明价码就更清楚了。"

巴里黄斜眼看了韩江一眼,从口袋里拿出笔,不情愿地把数字加了上去。随后巴里黄,姚陆生在协议书上签了字。巴里黄把协议书放进他那个半新不旧的黑色公文包里。钻进车后他对姚陆生说,

"姚,我们明天再谈修补车库地面的事。"话音未落,巴里黄的车便一溜烟地开走了。

第二天,姚陆生和韩江在车库里工作了一上午。姚陆生重新接好下水管道,韩江给冷热水管包装保温塑料海绵。

巴里黄一早也来到了工地。午饭时,姚陆生和韩江提着各自的饭盒来到老房厨房。刚要进门时,就听到巴里黄的吼声:

"梦龙,这回你说破了天,也别想从我身上捞到一个子儿!只有傻瓜才会在中国这样的穷地方投资。"

韩江和姚陆生停在了门外。

"中国要是个能赚钱的地方,我二十年前就不会费那劲出来啦!什么'自力更生,'都是骗人的鬼话!还是洋人来管理的好。你等着明年香港回归大陆,就明白我说的意思了。还是那句话,投资大陆的蠢事我绝对不干,也别再为这事磨嘴皮子,听见了吗?"

梦龙赌气气走出厨房。一看见站在门外的姚陆生和韩江,便扭头朝屋里说,"爹,他们来了。别忘了车库地板的事。"说完,一脸不高兴地离开了老房。

"姚,"看到了走进厨房的姚陆生,巴里黄劈头便问:"你在车库洋灰地上打的是什么洞?接好管子后,不管你想什么辙,我要你把地面弄得完好如初。你听见了吗?"巴里黄站

在壁炉边烤火。厨房内充满了呛人的浓烟。

"不管用什么办法,新、旧水泥地总会有区别的。"姚陆生回答道,顺手把微波炉放在柜橱台上。

"那是你的问题,姚。我早就说过,这房造价高。出了问题,想赔也赔不起!还是刚才那句话,不管你用什法子,新旧地面一个颜色。"巴里黄边说边看着姚陆生和韩江,等着他俩的反应。韩江咬紧嘴唇没有吭声。

"你说我们该怎么办?"姚陆生诚恳地问道。

"我早就知道你是个外行,就别在这儿打肿脸充胖子了。这是做车库洋灰地面那家公司的电话号码。除了这家公司外,谁做这活儿我都不承认,听清楚了吗,姚?"说着,递过一张写有电话号码的纸条。

姚陆生无声地把条子接过来。

"那好,这笔费用就从你的合同里扣除。"巴里黄说完,转身走出厨房。

姚陆生和韩江拿着热好的饭不出声地吃着。韩江知道姚陆生和他一样憋气。姚陆生吃饭的样子像是随便往嘴里噻东西,没有任何表情。吃完后,姚陆生对韩江说:"别忘了吃你的止痛片。我先去看看洗衣房的水管道。"话音未落,他已跨出了门槛。

韩江也胡乱地往嘴里填了几口饭后,顺手从口袋里掏出艾琳为他准备好的止痛片,借水吞下两片。从柜橱台上搬起微波炉时,右侧胸部又是一阵刺心地绞痛。他强忍着痛一步步地走到姚陆生的车边。

巴里黄的贪婪是没有止境的。艾琳曾试着打电话寻找法律咨询。但她发现,就连被介绍给某家律师事务所都得花费一笔不小的费用。一位好心的实习律师草草听了半分钟后,告诉艾琳错处不在巴里黄。因为姚陆生在没有严谨的合同保护下同意为这样的人服务，后果只能自负。韩江想助朋友一臂之力，也无力相助。

当韩江走回车库，准备继续在水管上包保温塑料时，他听见巴里黄在楼上的吼叫声：

"你的耳朵聋了还是怎么的？你不往下锯的话，管子安在这里，以后会出毛病的！"

韩江立刻放下手中的活，拔腿向楼上跑去。右胸的肌肉被震得钻心的痛，但他还是坚持着往楼上跑。姚陆生讲过，他要去洗衣房看看，而这吼叫声正是从那里传出来的。

"别他娘的装聋！我跟你讲。你得往下锯。什么？出了毛病谁负责？你怎么会出毛病？你不是说你有水暖工的本子吗？"

姚陆生手提老虎电钻，弯着腰，弓着腿，正准备锯脚下的梁木。就在这时，韩江闯进了洗衣房，他大步地走到了姚陆生的身边。

"慢着，陆生！"韩江大吼一声。"在梁上锯出毛病谁负责？你还是黄先生？"

韩江怒视着巴里黄说："黄先生，陆生做了什么对不住你的事？他为你买浴缸省了多少钱，你难道忘了吗？可你为什么总是处处和他过不去？"

"你他娘的算老几！"巴里黄恼羞成怒。"昨天给你点面子，让你小子多讲了几句话，不知天高地厚啦！你也不睁眼看看，谁在这儿说了算？"

"你不就是有几个臭钱吗？"韩江双眼瞪着巴里黄怒斥道。"除了你的臭钱、烂房子，你还有什么？在国外变着方儿坑害自己的同胞，算什么本事！"说完，韩江怒气冲冲地下了楼。

韩江在姚陆生的车里坐了很久,他需要时间把火压下去。他希望姚陆生不要因他所说的话受到连累。他紧闭双眼,静静地靠在椅背上,想借此平静下来。刚刚发生的事不停地在他的脑子里翻腾。他看得出,巴里黄不仅不想付给姚陆生工钱,还要让他倒赔。韩江所不能理解的是,巴里黄宁愿冒损坏自己房子的风险去加害姚陆生。巴里黄像条闻到血腥味的鲨鱼,在受了伤的姚陆生周围游来游去,伺机将他吞食掉。

韩江现在才开始明白父辈那代人当年为什么离家闹革命。六·四惨案使韩江一度对在国内所受的教育产生很大怀疑,特别是怀疑当年听的那些忆苦思甜报告的真实性。在那些数不清的会上,苦大仇深的老工人、老农民被请到讲台上,向年轻一代述说他们在新中国成立前是如何受地主、资本家剥削和压榨的。经过和巴里黄这种人打交道,韩江觉得他和姚陆生的遭遇和那些做忆苦思甜的经历差不多。他要是生在新中国成立前,也会像父辈们一样起来闹革命,打倒像巴里黄那样的恶霸地主。

姚陆生打开车门,坐进车里。

"韩江、别和那种不讲理的人生气。"

"我知道,"韩江看看手表,"这么早就收工了?"

"今天是星期三,我得送珀丽去学钢琴。" 姚陆生边说边把车退到车道上。

"我连今天是星期几都忘了。我走后,巴里黄有没有找你麻烦?"

姚陆生摇摇头说:"你一离开,他也走了。我趁机把洗衣房的水管接好。没问题,准能通过验工。"

"我真佩服你和文兰," 韩江说。"一天工作下来,回到家还要做那么多的家务事，为孩子的教育操心，真不容易。"

"我们已经习惯了，"姚陆生感叹道。"过得去就行了。我们唯一的愿望是孩子们能比我们生活得好。" 说着，姚陆生把车开上了公路。

第十二章 投机钻营

巴里黄叛逃后在香港住了三年。那三年中，他做了不少苦工：在餐馆洗碗、擦桌子、送饭、送报，为有钱人看家、打扫房子。巴里黄在外表上保持殷勤、友善的样子，但他心里却充满了忌妒和愤恨。他发誓有一天他要造一座大公馆，而且要在美国造。他要让那些有钱的香港人羡慕他，巴结他。

巴里黄卧薪尝胆，足足等了三年。机会终于来了。香港有家姓吴的夫妇决定去美国找事做。他们有两个男孩，一个五岁，一个八岁。太太的父亲已去世，母亲答应帮女儿和女婿照看两个孩子。可房子需要有人料理。巴里黄听说薪水优厚便找人介绍，经推荐他被吴家雇用了。

巴里黄在主人离港前就搬进了吴家。他注意到吴家的生活非常和谐，主人特别看重诚实和友善。吴家夫妇走后，巴里黄除完成他所应做的工作外，还定期与主人通信联络、汇报家里的情况。他私吞过吴家的钱，但他格外小心，不露马脚。他用心讨好吴家老太太和她的两个小外孙，为他们东跑西奔，不辞劳苦。就这样，他赢得了全家人的赞誉和信赖。

在一次通信中，巴里黄有意向吴家夫妇表示了他想到美国去做事的愿望。吴家夫妇知道，从大陆逃出来的难民只要能在美国找到经济保证人便可移民美国。回香港前，他们便在有钱的朋友中为巴里黄找了一位经济保证人。

一九七七年夏天，巴里黄来到了西雅图。他喜欢他所看到的一切：海边的码头市场和饭馆，丰富多彩的大学校区，热闹繁华的市中心，以及在海湾边上和华盛顿湖畔富丽堂皇的大房子。很快巴里黄便在中国城的一家餐馆找了份洗碗、扫地的差事。除了做工外，他还参加了为难民举办的英文补习班。他用心听着周围的人对西雅图的评论。渐渐地，巴里黄对西雅图的房地产行情有了些了解。他开始注意这个市场的趋向，好、坏地段的变动以及价码的浮动。他用心收集，细心观察，认真分析他所听到和读到的有关房地产的信息。从他的收集、观察和分析中，巴里黄发现，由于暴力和吸毒所造成的治安不稳定以及同性恋问题，西雅图中南部一个叫瑞尼尔谷地区的房价暴跌。房产主在惊恐中纷纷以低价贱卖他们的房屋以便逃离此地。巴里黄趁机而入，用他几年来所积攒的钱买下了一座三居室的房子，从而开始了他买卖房地产的生涯。

"巴里，你疯了？"和巴里黄在餐馆一块打工的维克托·王听到此事后惊讶地说道。"大鼻子们玩了命都要离开那个地方，你却往里钻！"

"那才是千载难逢的好机会，"巴里黄回答道。虽然已到晚饭时间，店里的顾客仍然很少。巴里黄一边看着坐在桌旁吃饭的几位顾客，一边和维克托·王聊天。他的长脸和那对小眼因得意而放着光。"有钱人不想在那儿住，可有别人要在那儿住。"

"巴里，我不明白的是，你难道不怕死吗？"维克托不解地问。巴里黄更是得意。

"谁说我会住在那里，我才不会玩儿那个命的。我已经把它全部租出去了。"

"租给谁？谁想住到那儿去？"

"那你就不必多问了。不管是张三李四,只要他出得起租金,谁租我都没意见。"

"如果他们用你的房子搞吸毒怎么办?"

"那和我有什么关系?警察会抓他们的。我再把房子租给别人就是了。"

巴里黄不是仅仅说说而已。两年内,他用收集到的租金在同一个地方又买了座房子。他抓住那些卖房人急于脱手的心理,压价买进。不久巴里黄在瑞尼尔谷地区房产主中"荣获"吸血鬼的称号。到八十年代中期、巴里黄在这个地区的房地产,已包括三座拥有三十套住房,两座拥有四十套住房的公寓楼和一个有五十套住房的汽车旅馆。

巴里黄知道他的房客大部分是低收入的非法移民和没有受过多少教育的难民。虽然他的租金并不比西雅图其他公寓的月租低多少,但他降低定金,在租期上也没有限制。这样,低收入的人便蜂拥而至,争先恐后地申请住进巴里黄的出租公寓。直到这个时候,巴里黄才放弃餐馆打工的差事。

巴里黄早期的房地产经纪人叫艾瑞克·李,也对巴里黄执意在这样治安不稳定的地区大量购买并成功地经营房地产而感到惊奇。

"你大概很会选择经理来管理这么多的公寓和旅馆吧?"一次巴里黄到他的办公室谈一笔生意时,艾瑞克·李趁机问他。"在那样的地区出租房子能收得回租金吗?"

"我才不雇什么经理呢,艾瑞克,"巴里黄答道。"美国人动不动请经理,浪费钱。咱是'好汉做事一人担,'虽辛苦,但净赚钱。谁要是不按时交房租…"巴里黄停顿片刻,两只小眼环视了一下艾瑞克·李的拥挤不堪的办公室和他的两位正在打电话的同僚。

"我原来也像美国人那样做事，"巴里黄接着讲，"房客拖欠房租，我就花钱请律师向他们讨债。现在咱可不做那傻事！谁欠我的房钱，我就到法院填张表，手续费不过十几美金。房客接到法院通知如还不按期付款，警察就会到公寓来把他们攮走。根本不用费我口舌和气力。这就是为什么有人说美国是天堂的原因所在。一切都照着法律行事，不偏不向。一有问题到法院里就解决了。"巴里黄越讲越得意，讲话的嗓门也越来越高。

"不管怎么讲，巴里，一个人经营那多房地产，也真够你受的。"艾瑞克由衷地佩服巴里黄能在这么短的时间内把低价买来的房子变成高利润的公寓和旅馆。

巴里黄在一座公寓内设有一间办公室，但没有人能找到他。他在办公室里也有一部电话，但没有人能听到他的声音。办公时间，房客或来申请住房的人会在这间办公室里看到一位年约三十来岁的中国女士。她不停地接听电话，收纳租金和定金。除此以外，房客们一天到晚听到的都是一个答话："对不起，经理不在办公室。如有事找他，请留言。"时间久了，次数多了，房客们也懒得白费时间了。

不管抱怨多少次，堵塞的下水道，漏水的水龙头和屋顶，发霉的墙壁，裸露的电线和到处爬行的蟑螂都无人过问。用巴里黄的话讲："这是他们的事。嫌这儿条件差，滚蛋！有的是打破头想住进来的！"巴里黄仅仅维修那些实在说不过去或是区政府勒令修补的地方。因为没有成文的租约，房客除抱怨外，也没其他办法。

坐在办公室里的那位中国女士是巴里黄新近"购置"的财产之一。她的名字叫罗莎。他俩是在艾瑞克·李家吃饭时遇到的。罗莎来自上海，毕业于四川的一所大学。工作几年后，被送出来在华盛顿大学进修。罗莎千方百计地想留在美国，而巴里黄正在物色一位能料理家务和办公事务的新太太。罗莎有风度，也很聪明、能干。她对赚钱方面的事特别有兴趣。艾瑞克·李和维克托·王参加了他们的婚礼。婚礼后，巴里黄和罗莎到邻近的俄勒冈海边渡了三天的蜜月。

　　巴里黄夫妇是一对天生的生意人。巴里黄除主管法律和财政外，继续搜寻、购买有利可图的房地产。罗莎处理办公室的所有琐碎事务。尽管俩人拼命地干，但随着房地产的不断扩充，巴里黄开始感到力不从心了。越来越多的房子需要维修。巴里黄急需一位能解决这个问题的人。罗莎也开始抱怨办公室的工作量大，她一人难以应付。她急需一位至少能接电话的人。

　　为此事巴里黄伤透了脑筋。雇人要花钱，他心疼。不雇，问题又解决不了，而且越来越多。烦恼中，巴里黄突然记起早已失去联系的梦龙和梦霞。那是一九八六年的事。算起来，那年梦龙刚好二十岁，女儿十二岁。他差点把他们忘得一干二净。现在一想起他们，巴里黄顿觉心花怒放。如果找到他们，把他俩弄到美国为他做事，那不是再美不过的事了吗？巴里黄暗自揣摩，现在国内的年轻人，谁不想来美国？谁不想有像他那样有钱的爸爸在国外？二十岁的梦龙，年轻力壮正当年，可以立即从事维修工作。梦霞的年龄学英文一定很快，用不了一两年，她就可以当罗莎的助手了。巴里黄暗自责怪自己，为什么没早点想出这样两全其美的事。他想，如果事成的话，用不了多少年，他就会实现他一生的最大愿望：用最少的钱造出一个令他心满意足的豪华公馆。巴里黄脑海里浮现出一座富丽堂皇的公馆：高大的楼阁，宽敞的房间，巨型按摩浴缸，欧式蒸气浴，镀金水龙头，大理石地板上铺盖着豪华的地毯。巴里黄暗自发誓："我要让那些不识抬举的人看看。我要让我的子孙后代，我的亲戚、朋友们都能看到这所公馆。我要叫所有认识我的人都知道我，巴里黄，不！黄为国，不！黄得福，在美国真的得福啦！"

"巴里，又做梦了？"从枕边传来罗莎半睡半醒的声音。巴里黄在漆黑的屋子试着睁开他的双眼，他感到浑身是汗，兴奋后的余热还在蒸腾。躺在黑暗里，巴里黄打定主意把儿子、女儿弄到美国来。

巴里黄一直对罗莎隐瞒自己结过婚的事。事到如今也只好告诉她事实真相。罗莎一听就吵闹起来。她马上意识到巴里黄儿、女来美后对她构成的威胁。罗莎从没这样哭闹过，她的号啕大哭弄得巴里黄一时也没了主意。但他心里明白罗莎顾忌的是什么。

"罗莎，别闹了，"巴里黄在一旁劝说着，"你怕什么？让他们来，还不是为我们好？我让他们来美不是来享福的，而是帮我们赚钱的。我们一起生活了这些年，你还不了解我？我要是真想把他们弄过来，还需要等到和你结婚以后？让他们来，纯属生意上的需要。他们如果能来，能做许多事，为我们省下雇人的费用。"

"不管怎么讲，他们毕竟是你的亲骨肉。"罗莎坚持着，她坐在床头用纸巾擦着泪汪汪的双眼。"用不了多久，你就会亲近他们，对我没感情了。"

巴里黄克制着自己的恼怒。"罗莎，你真糊涂。你是我老婆！你我是一家。我把儿女弄来，是为了帮我们赚钱。这儿是美国，他们来后，得自己养活自己！"

"他们来后，你让他们做什么？"罗莎一边擦着眼泪一边问道。

"梦龙来后需要学造房子、修房子的事。最好的办法是让他自己造所房子。落成后，他和梦霞可以搬进去住，但房子属于你，在你名下注册。梦霞来后，先让她上一阵子学，只要她的英文能对付房客了，我就把她放在你的办公室里听你使用，怎么样？"

罗莎点头同意。有她自己的房子是她求之不得的事。但她知道要想真正解决问题，还得自己生一个姓黄的儿子。但每次提起生养孩子的事，巴里黄总是不赞成。用他的话讲，"你生孩子，谁管办公室的事？"

自一九七四年叛逃后，巴里黄和家里断绝了来往。许多年后，他听说妻子刘翠芬在他离家不久就办理了离婚手续并把孩子退回他的老家信阳由他父母扶养。他父母去世后，梦龙和梦霞的下落不明。通过一段时间的寻找，巴里黄在国内委托的人终于找到他失落多年的儿女。一九八八年，二十二岁的黄梦龙和十四岁的梦霞移民来到了美国。

他们一到西雅图，巴里黄就安排梦龙参加筑房工程，同时把梦霞送进附近的学校。梦龙在盖房过程中果然学到不少木匠和电工的技术。两年后，房子落成，梦龙和妹妹梦霞搬进新居。罗莎注册为新房主人。三年后，十七岁的梦霞退了学在罗莎的办公室里全天工作。梦龙早已开始负责巴里黄房产的维修工作。有儿女分担重任，巴里黄的生意更加兴隆。到了一九九四年，巴里黄在西雅图已拥有五十多处房地产，其中包括两座上百套住房的公寓。

巴里黄认为盖公馆的时机已到。从艾瑞克·李提供的消息中，巴里黄得知一位科罗拉多州银行家，因手头拮据，急于脱手卖掉他在华盛顿湖畔的房子，以换取一笔现款。巴里黄抓住时机，用五十万美金的现款把这座价值一百多万美金的房子买下来。从成交的那天起，巴里黄便开始把注意力移到盖公馆的事情上了。

第十三章　风雨飘摇

梦龙想再从父亲那里借出一笔钱的计划受挫后，心里又气又恼。他当然知道父亲的狡诈，也许父亲已觉察到自己第一次借款到大陆投资失败的原委。但梦龙暗想，老爸有那么多的钱，从他那里挖些出来也伤不到他的本。

梦龙站在楼上窗前，注视着在靠近湖边处刚刚搭起的用木桩柱和黑皮塑料做成的临时挡灰墙。几天前，区里环保卫生检察官突然来到工地视察。视察后，给他们开了一张三百美金的罚款单，理由是施工后没有将垃圾盖好，湖水的环境保护受到威胁。巴里黄收到罚款单后火冒三丈。一想起父亲生气的样子，梦龙暗自高兴。一股冷风慢慢地从窗外吹进来，梦龙把厚厚的浅棕色工作上装的拉锁往上拉了拉。

另一件让梦龙暗自高兴的事，是他没有让老爸在姚陆生的事上如愿以偿。倒不是因为他同情姚陆生的处境，而是因为父亲当众扯谎。说什么他黄梦龙是工地总管，责任重，薪水高等等。谁信那些骗人的鬼话，梦龙暗自骂道。他这个总管，实际上是有名无实，连薪水都没有。别说每天给他三百五十六美元，就是每天付他五十六美元，他都会和父亲合作的。

总该有个什么办法从父亲的手心里把钱抠出来，梦龙继续盘算着。一想到父亲叛逃后，他和妹妹梦霞在国内所受的罪以及他俩来西雅图后所受的欺诈，梦龙心中的怒火就难以克制。

一九八八年,梦龙和梦霞来到西雅图。父亲一见到他们,便滔滔不绝地大讲在美国人人要自食其力的道理。下飞机的第二天,梦龙就被父亲带到了工地做工。梦霞虽然被送进了学校,但是上学的那几年,她每天都要在家和办公室里帮继母做事。白天梦龙在工地上当木匠和电工。晚上,梦龙经常被父亲叫醒出夜工,处理公寓出现的各种急需解决的问题。因父亲讲了,等房子盖好后就属于他兄妹俩的,所以对这种没白天没黑夜的工作,梦龙倒也没抱怨什么。两年后,房子落成。兄妹俩搬进新居后,才发现房子注册在继母罗莎名下。他们得为住进这样的房子而继续为父亲和继母做工。

每次梦龙向父亲提出要工资的事,巴里黄总是回答说,"要钱做什么?你和梦霞有吃,有穿,有车,有工作,有房子住,你们还缺什么?别为以后娶老婆结婚的事操心,我是老子,会替你们计划好的。"

一年前,也就是来美后的第七年,梦龙提出了一个投资计划。他为这件事运筹了很久,直到他认为无懈可击的时候才向父亲提出来。

一天晚上,大修完一个项目后,梦龙来见父亲巴里黄。那天晚上,天气温和适宜,在去父亲住宅的路上到处是五颜六色的杜鹃花。就连父亲老宅门前的荒草地上也开了几朵紫红色的花。对梦龙来讲,这是个好兆头。走进客厅,他看见父亲正坐在一个旧的沙发椅上看报纸。虽然窗子是开着的,可屋里还是有一股浓浓的油烟味。梦龙进来时,巴里黄从报纸上向他斜看了一眼。

"爹,"梦龙小声地讲,"小瀑布公寓的下水道修好了。"巴里黄应了一声。那个公寓的下水道三天两头地出毛病。梦龙顺势坐到父亲边上的那张半旧的绿绒沙发椅上。

"爹,我有件事想跟您商量商量。"

巴里黄不耐烦地把报纸放在腿上,两只小眼不信任地看着儿子的脸。

"我刚从一位在香港的朋友那儿得到一个新消息。"

"你怎么会认识在香港做事的人?"巴里黄劈头问道。

"长话短说。来美的前几年,我一直在深圳做事,所以认识了许多有路子的人。这位朋友来信说,国内房地产生意很抢手,做成功的话,一本万利。"

巴里黄暗暗地听着。

"国内和国外做生意的最大区别就是,在国内做事要有门路和靠山。我的那位朋友叫闫三,他在深圳认识许多有钱有势的人。他们通过关系和门路最先知道哪块地皮投资最赚钱,哪块地皮投资不太赚钱,对最赚钱的,他们就预先低价买下,等到行情上涨时再脱手高价卖出,一块地皮几经倒手就赚得几百万美元。"

听到这儿,巴里黄心里一颤。"那闫三是什么人?你怎么认识他的?"巴里黄迫不及待地问道。

"七十年代初,闫三与同伙从广东泅渡厚海湾来到香港。八五年回国考察国内市场时,我在郑州遇到他,帮了他不少忙。第二年,我在深圳推销河南烟草、花生和药枣时,又遇见了他。"

"什么药枣?我怎么从来没听说过?"

"那是咱们省的新产品,"梦龙草草地答道。"我那时和闫三同住在深圳最有名的金凤凰酒店。"看到父亲抽动的眉头,梦龙连忙加了一句,"我的住宿费是咱们省农业厅办的公司出的。"

"你怎么从来没跟我提起过这些事？"巴里黄不无惊讶地问道。

梦龙毫不犹豫地说，"爹，你哪儿有工夫听我讲话。来美后，下飞机你就让我忙这忙那，一直忙到现在。"

巴里黄暗想儿子讲得有道理。来美后这些年他还真没有和儿子聊过天，拉过家常。

"都怪我太忙，没顾得上问。你和闫三关系如何？"

"我俩是无话不说的朋友。闫三做起事来有心计，有魄力，从不含糊。小打小闹的事他不做，专做大生意。用他的话讲 '要干就得干一本万利，一劳永逸的事。' 闫三请客，总是把头头脑脑都请到，宴席间他就能从他们口里掏出价值连城的信息，如什么地方地价看涨，什么时候投标等等。宴席过后，他用高价把听到的信息出售给港商。那些有钱人捷足先登，把地皮用低价先买到手，然后招标时高价卖出。一赚就是十倍甚至二十倍。闫三现在成了大亨。他对国内行情了如指掌，他所投资的地方处处赚大钱。"

"这些年你和他还有联系？"

梦龙知道他父亲已经上了圈套。"当然喽！"他边回答边从灰布裤袋里摸出一个折叠好的信封。"这是他上个星期来的信。信上讲，中国政府正准备将投资重心从深圳转到上海浦东地区。在别人下手前，他准备先把地皮买下。念及我们是至交，他来信邀我入股，一同投资。这可是千载难逢的好机会。这是他的信，您不妨看看。"

巴里黄用颤抖的双手接过信封。他像观赏古玩一样仔细察看信封的里里外外。信封质地精美，上面印有"闫氏香港-中国贸易投资总公司"的字样。地址是香港有名的地方。信纸与信封质地般配，公司的传真电话号码以及公司电话通信

号码依次列在信首。读过信后,巴里黄说:

"让我用传真给闫三通个话,请他给我一些介绍有关他公司的材料。"

梦龙爽快地同意了。巴里黄看不出任何的破绽。父子俩在书房里把信通过传真电话送了出去。巴里黄得到满意的答复后,最后的那点疑虑便烟消云散了。梦龙趁热打铁。他告诉父亲要立即拨款否则将错过良机。罗莎听到此事后,劝丈夫三思而后行,但巴里黄投资的主意已定。他安慰罗莎说,他只是想投入一笔能赚回红利的数目。一个星期后,梦龙随身携带二十万美元被父亲派往大陆与闫三接洽。

梦龙在大陆、香港足足玩了三个月后才回到西雅图。回来后宣布那笔二十万美元的投资随着闫三公司的破产而荡然无存。

"梦龙,你那位闫三是什狗娘养的朋友?"巴里黄听到破产的消息后火冒三丈。"你不是说他有靠山吗!"巴里黄像困在笼子里的野兽在客厅里踱来踱去。

"爹,你是生意人,你知道干这行总会担风险的。"梦龙在一旁小声嘀咕道。"闫三的靠山正好是个高干的儿子,他们搭伙做了很多生意,赚了许多钱。但谁想到政府突然决定反腐败,而闫三的靠山正好被列入黑名单。结果他的公司连本带利,搭上我们投资的二十万美元全部赔在这位'倒爷'身上了。闫三的公司被迫宣告破产。"梦龙知道不管他怎么解释,他父亲都不会原谅他的。

私下,梦龙暗自庆幸从父亲手里成功地骗到二十万美元。除了他分给闫三的那部分以及他在大陆、香港的花费外,他在自己银行折子里存了十万美元。虽然他没有向妹妹梦霞透露事情的真相,但他悄悄地告诉她,不要对以后的事担忧,他会照顾她的。

"文革"开始时,梦龙才两个月。自从记事起,他很少在家里看到父亲。梦龙三岁那年,全家从信阳搬进省城郑州一套两室一厅的宿舍。他那时也不知道父亲是做什么的,但从别人对他的态度上,他感觉到自己与众不同。梦龙所住的宿舍大院里几乎全是省政府内显赫人物的家属。院内到处栽种着花草和树木,别有景致,比信阳气派得多。每次和母亲进出大院时,门房总是主动打招呼,梦龙对此十分得意。到了上学的年龄,梦龙对"权位"这两个字渐渐有了些了解。和同学在一起的时候,他总是找机会吹嘘父亲在省革委的地位。在班里,当他的要求没有受到足够的重视时,梦龙不止一次地用父亲的名字恐吓他的老师和同学。但好景不长,没多久情况就突然发生了变化。

一九七四年八月的一个晚上,也就是父亲随贸易代表团出访一星期后,一群包括和父亲平时很要好的同事突然来到他家,为首的竟是经常出入他家的那个潭大个子。梦龙那年已八岁,对那天晚上发生的事记得清清楚楚。潭大个子进门时一把将母亲推到一边,跟在他后面的除了来抄家的,还有两位警察。一进屋,他们就开始翻箱倒柜。潭大个子在父亲书房没翻到东西,便转身进了卧房。刚满三个月的梦霞被惊醒,在床上号啕大哭。潭大个子一把将正在大哭的梦霞薅出小床,塞进母亲怀里,并大声训斥道:"把这个小杂种带到外面去,听见了吗?"梦龙不明白平时总给他糖果吃的潭大个子怎么会突然变得这样可怕。他被吓得也跟着哭了起来。

"老潭,有话慢慢说,出了啥事?梦龙他爹在外面做错了事?"母亲一边抱着梦霞、拉着梦龙,一边颤抖地哀求着。

"你想能出什么事?"潭大个子冷冷地盯着母亲,厉声反问道。"你男人的事你还不知道?"两个警察站在潭大个子身后。

母亲开始放声大哭。

"你早就知道,还装什么傻?"

"老潭,求求你告诉我,梦龙他爹到底出了什么事?"

"出了什么事?你男人一出国就叛逃了!"说完,潭大个子往地上吐了口痰。"把你那两个小杂种带到外边去,又哭又闹的,惹恼了我,别怪我不客气!"

母亲一手抱着梦霞,一手拉着梦龙走进客厅的一角。她紧紧拉着梦龙不放。抄家的人一无所获,悻然地离去。屋里被翻得乱七八糟,遍地是被摔碎的东西。

抄家后没多久,梦龙一家被扫地出门。那是九月的一个大热天,母亲带着他和梦霞出了大院,梦龙还记得门房没睬他们一眼。三人乘车来到郑州火车站。车站上,一位高个头,灰白头发,五十开外的男人在等他们。不知为什么母亲一看到那老头子就开始大哭。她边哭边介绍道,那位就是他们的三爷。说着,把梦龙和抱在怀里的梦霞交给三爷,没说一句话,转身消失在拥挤的人群里。梦龙一时惊慌失措,试图钻进人堆寻找母亲,却被三爷的大手紧紧抱住。他连踢带喊也无济于事。进了车厢后,火车开始移动。那是他和梦霞最后一次看到母亲。只是很晚以后,梦龙才知道母亲为彻底和叛逃的父亲划清界限,断绝了和他们的一切关系。

接下来的五年,梦龙和妹妹在信阳老家里和爷爷、奶奶一起生活。爷爷、奶奶年迈多病,自顾不暇。他们原本依靠梦龙父亲定期寄来的赡养费过活。现在儿子出走,不但断了供养,还倒贴上两张嘴。正在发育期的梦龙,整天感到饥饿,一天到晚在村里村外找东西吃。他多次钻进别人家的菜地,偷吃半熟的西红柿、黄瓜和茄子。他也多次被别人抓住痛打。十岁那年,梦龙弃学,在生产队里做了放牛娃。每天天还没亮,他就得从床上爬起来,赶着牛群到村外的山坡上吃草。梦龙一边放牛,一边打牛草、拾牛粪,为家里捡柴火。

梦龙当了三年放牛娃。他和村里那些又黑又脏的孩子没有什么两样。可他心里却孕育着村里孩子们难以想象到的怨恨。在村里,他无心和同龄的孩子们玩耍。渐渐地,也没有人理睬他了。

五年后,爷爷、奶奶相继去世。十三岁的梦龙又一次被离弃。奶奶的去世对妹妹梦霞打击最大。梦霞是奶奶像小鸟一样嘴对嘴喂大的。奶奶用尽心血把她从几个月养到五岁。当梦霞知道死去的奶奶再也不会陪伴她时,她哭得死去活来。在梦龙哄着妹妹的时候,他眼前仿佛又看见消失在火车站人流中母亲的背影。他从心里怨恨离弃了他的母亲。

爷爷过世后,三爷把他们领到信阳市城里。三爷一家对梦龙兄妹很好。但不久,梦龙就听到"文革"时父亲伤害三爷的事,梦龙心里很不是滋味。三爷一家越是照顾他们兄妹,他越是对父亲的叛逆不仁感到羞辱和气愤。

多年放牛的生活,使梦龙很难坐在学校教室里聚精会神地学习。他开始逃学并和社会上不三不四的人来往。十五岁那年,他索性弃学和城里一批小流氓混在一起。接下来的几年中,他进出少年教管所多次,直到后来混进一家地方农产品、纺织贸易公司做推销员。一九八五年,在深圳他遇到来往于香港和大陆的二道贩子闫三。

当巴里黄委托的人在深圳找到他的时候,梦龙正和闫三打得火热。他的收入已足以支付得起他和妹妹的生活费用。他劝妹妹继续和三爷住在一起,把学上完。梦龙定期汇款回家。在深圳做事期间，他得知在国外发了洋财的父亲正在寻找他们，并希望把他们接到美国和他一起生活。梦龙看到了报仇的机会。

第十四章　化险为夷

自上次姚陆生邀检察员来工地视察后，已经整整一个星期了。姚陆生和韩江同心合力，把要返工的地方全部做了改动。车库的洋灰地面和二楼厨房顶缘木的加固也已完工。韩江心里粗算了一下，返工费用大约两千五百多美元。合同总共不到八千美元，五千已花在用料上，其中一大部分巴里黄还没有付给姚陆生。现在把二千五百美元的返工费从剩下的三千元中刨除，余下的五百美元还不够姚陆生付给韩江工钱的一半。换句话讲，姚陆生辛辛苦苦、没日没夜地为巴里黄公馆劳累，不仅没有得到任何收入，反而倒贴了一笔血汗钱。

"这'吸血鬼'该得意了吧！"姚陆生在前面拉着空气压缩机向老房方向走，韩江机械地跟在后面，一边走，一边喃喃自语。

"我们还算幸运，"姚陆生接过话题。"今天上午只要通过验工，我们就没事了。" 边说边套上他的工作服并开始察看安装在地板底下的各种管道。

"陆生，如果通过检查，巴里黄还会找你的麻烦吗？"

"不会的了，因为我们按合同完成了我们的工作。巴里黄必须按合同把剩下的钱给我们。差不多还剩三千块钱。"姚陆生蛮有把握地讲。

韩江暗想，姚陆生是否还不知道他从这个工程里根本挣不到一分钱。一想起验工时可能会出现想象不到的差错，韩江心里更是七上八下。

"陆生,你说我们会通过验工吗?"韩江担心地问道。"我们可是没少检查啊。"

"我想问题不大。当然,有巴里黄在场,什么事都可能发生。" 姚陆生的说话声逐渐变得弱了起来。

"真希望他今天上午来不了!"韩江在一旁诅咒着。

"那也不行。说好了,验工时他必须在场,否则无效。"

韩江心里当然明白他和姚陆生的处境。最近,他私下里诅咒过巴里黄多次,希望倒霉的事临到他的头上。为这事他还和艾琳拌了嘴。前天晚上在吃饭的时候,他还在为姚陆生被巴里黄欺压的事愤愤不平:

"艾琳,我现在才知道。当年万宝喜和我们这些红卫兵错在哪里。我们把革命对象搞错了。总该有个什么法子好好整整像巴里黄这样的恶霸!"

那天晚上,艾琳煨了一锅鸡汤,并炒了一个冬菇肉片。听到韩江的话后,艾琳放下手中的碗筷,吃惊地看着他说,"韩江,你怎么会这样想?万宝喜当年的所作所为是不对的,是违法的。"

"听起来你好像在帮巴里黄说话!有谁会想到姚陆生的处境呢?"

话一出口,韩江便知道他很不冷静。艾琳知道韩江的情绪现在很激动,便小声开导他道,"你我都知道陆生现在的处境,我们应该从积极的方面帮助他。记得你讲过当年在延安的经历,不少人因受了暂时的挫折而自暴自弃。你却选择了另一条路,用积极的办法克服了许多困难。"

韩江一边回忆那天的谈话,一边帮姚陆生做验工前的准备工作。他先把空气压缩机接到密封好的水管道上,然后开启机器。等到气压计上的指针指向六十五度后,他再把机器关掉。如果指针一直维持在六十五度左右,就说明水管的密封没有问题。八点钟,他们开始往测试过的水管里灌水。

验工时间是十点。把整座楼的水管道灌满水至少需要一个半小时。在灌水期间,姚陆生和韩江不停地察看着楼里各处的管道。

一个半小时过去后,韩江估计水管管道大概已灌满了,水随时会从屋顶出口处流出来。但到目前为止,一切正常。韩江暗自庆幸没有发生破裂和漏水现象。

检验水管道系统的时候,最怕出现的事是漏水。姚陆生说过,验工时漏水的事常常发生,这样才知道哪里需要返工维修。当然出现漏水修补后,就得返工、验工,直到通过。韩江知道如果他们第一次不能通过验工的话,巴里黄就会趁机找他们的麻烦,把他们拖在这个工程里面。他也会以此为由把姚陆生辞掉、分文不付,另雇他人。韩江越想越气,也越为即将来临的验工而担心。

"水从屋顶漏下来啦!"梦龙在二楼楼梯上喊道。姚陆生赶紧关掉水龙头。韩江把一桶锯末倒在了有水的楼梯上,以防结冰打滑,并用空桶接着继续流下来的水。水流了一会儿便停住了。姚陆生和韩江继续查看楼室内的管道。从姚陆生的表情上看,韩江知道他在为验工的事担忧。姚陆生的额头上隐约显现着几条皱纹,眼眶下呈现出因缺少睡眠和休息而造成的黑圈。

时间正好十点钟,检察员查克·纳尔逊来到工地。他身后紧随着板着面孔的巴里黄。

"今天可真够冷的!"纳尔逊主动和每一个人打了招呼。他那一头变灰的棕色卷发看起来好像没有梳过。他穿的还是上次那身褪了色的牛仔裤和橄榄色羽绒衣。姚陆生和韩江不约而同地向检察员回了礼。巴里黄一边盯着韩江一边嘟囔着,"是时候啦!"没等别人开口便提高嗓门,"姚,灌好水了吗?"

"灌过了。"

"那我们就先从车库开始,"纳尔逊建议道。说着,他便向前走去,一段段、一处处地细心检查。韩江没有跟过去。他独自一人来到楼上查看管道的情况,以防万一。当他从三楼下来时,看到检察员一行三人全部挤在二楼的洗衣房里。巴里黄的声音从老远就能听到:

"纳尔逊先生,你给评评理,这叫什么活儿?"

"黄先生,你认为哪儿不合适?"检察员问道。

"你看看这儿就明白我指的是什么了。在安管子时,根本没跟我打招呼,就独断专行,把地板撬开了。他在隔壁厨房里撬开的地面更大,你说这算不算违章施工?"巴里黄一边说,一边用手指给检察员看被撬过的地板。

站在一旁的韩江忽觉袖口被轻轻拽了一下。还没来得及转过头,就听到姚陆生耳语道,"楼那边漏水了。"

韩江迅速离开洗衣房,焦急地在楼里寻找漏水的地方。他心里越急越找不到。走进大厅时,韩江听见滴水的声音。他快步跑进厅内,发现水从三楼的一角滴落下来。他慌忙从一旁拿来一只空漆桶,顺手掖进一团破布,放在滴水处接水。然后转身从另一端跑上三楼。

从楼上滴水的位置判断,水是从三楼装有巨型按摩浴缸的浴室内流出来的。当韩江跑到浴室门前,浴室内已积了半寸的水。墙壁上粗细不等、纵横交错的水管道,让人眼花缭乱:有接通洗手池、淋浴器和按摩浴缸的铜制冷、热水管;有浴室内黑色塑料排水、排气管道。所有的管子看起来都是湿乎乎的样子，一时间韩江看花了眼。慌乱中，韩江无法辨认出是哪一根水管在漏水。

时间不等人。巴里黄和检察员随时都可能走出洗衣房发现漏水的事情。突然间，韩江的双眼停留在一节洗手池上的二寸管接头，水正不住地从衔接处流下来。韩江本能地从地上抓起一把碎布条试图把漏水处堵住。没想到越堵水流越猛，以至水流如注。

韩江心里发慌，一时间没了主意。他暗自悔恨验工前没有问姚陆生如何在紧急情况下处理漏水问题。无奈，他只好用最快的速度跑回二楼洗衣房。当韩江上气不接下气地跑到洗衣房门口时，巴里黄还在里面大声抱怨。屋里弥漫着巴里黄抽的烟味。在烟雾中韩江看到姚陆生的双眼。他暗示姚陆生出来，但从朋友的摆手示意中，韩江知道，姚陆生无法脱身。

韩江只好转身离去。

怎么办？怎么办？

韩江慌到没有注意。巴里黄对洗衣房地板着魔似的抱怨，实际上给了他时间，帮了他的忙。

怎么办？

水还在不停地从三楼流下来，而且越流越大。韩江站在大厅中间，眼看着接水的漆桶快要溢满而束手无策。

"这明显是糟蹋我的房产！破坏我的公馆！"韩江听到从洗衣房内传出的吼声。

"这地板不管你怎么放回去，都不会和原来的一样。洗衣机放上去会出大问题！这块地板被姚糟蹋得无法修补了！"

突然间，韩江想起楼外的下水道总出口。这个总出口被安在一个距地面四尺深的坑里。姚陆生在出口处安了一个临时水栓。头一天试水时，水栓因水压太大而自行脱落。韩江灵机一动,顺手抄起一把扳钳,一溜烟地从车库侧门跑到楼外下水道的出口处。

上午已过大半,但外面还是冰冷。下水道坑里积满了水,上面结了一层薄冰。韩江急忙把放在坑边的抽水机放进水里,然后接通电源。把水抽干后,韩江在距水栓二尺处横架了一块木板。他左脚踏在板上,右手握着扳钳,弯下身试着把躺在坑底的水栓套拧松,但无济于事。韩江换了个姿势,干脆右脚踏进坑中,将手中的扳钳当锤子,用力把水栓套从下水管道出口敲下来。随着"轰"的一声,水栓套脱落,水从管道中冲出。韩江来不及收回右腿,水已在眨眼间填满了四尺深的坑并弄湿了他的裤子。韩江对此毫不介意,他唯一怕的是巴里黄听到放水的声音。

韩江顾不上因打湿而结冻的裤子,也顾不上右胸的疼痛,一口气跑回楼内。从洗衣房里传来巴里黄大发雷霆的吼声!韩江从内心里感谢神。巴里黄一心想坑害姚陆生,以致对他周围所发生的听而不闻、视而不见。

韩江转身上了三楼。管道里的水已放空,漏水的地方已无水可漏。韩江连忙将一桶桶锯末倒在有水的地板上,然后将浸湿的锯末推向墙一边,并用布条把流水的痕迹从漏水管处擦干。清理完毕后转身下到二楼。

不知是谁把桶里接的漏水悄悄倒掉了。韩江反身又快速地跑回到下水道坑前。水早已溢出并顺着排水道流进了湖内。在走回楼内的路上,韩江一直在想是谁在暗中帮他把水倒掉。

楼里传来异常热闹的锤、锯声,韩江突然意识到那几位他连姓名都不知道的木工今天做工的声音格外嘈杂,使人无法听到流水的声音。

当韩江把最后一桶锯末倒在二楼的湿地板上时,他看到巴里黄从烟雾弥漫的洗衣房里走了出来。随着他身后走出的是纳尔逊和姚陆生。检察员边走边用手驱散着环绕在他头顶上的烟雾。姚陆生询问似的看了韩江一眼。韩江微微地向姚陆生点了一下头。姚陆生马上意识到漏水的问题已经解决。韩江慢慢地移到了朋友的身旁。

"纳尔逊先生，你来看看这里！"巴里黄手指着厨房的地板，再次吼叫起来。"这叫什么活儿？好端端的厨房地板，让姚一折腾，就变成糟木一片了！"说着，他朝站在一旁的姚陆生挑衅地瞥了一眼。

检察员装着没听见，继续他的工作。他仔细查看姚陆生按巴里黄要求改装的管道。看过后，满意地点了点头。巴里黄在一旁没好气地大口吸烟，两只小眼还是盯在地板上，嘴里不停地嘟哝着不三不四的脏字。

半个小时后，检察员一行来到三楼。检查过卧室和小浴室后，他们便向那间刚刚漏过水的大浴室走去。一进屋，巴里黄就径直走向他心爱的巨型按摩浴缸。韩江趁机暗示姚陆生漏水的地方。

查克·纳尔逊跟在巴里黄的身后，走近浴缸时，他顺手敲了一下接通浴缸的水管。他皱了一下眉头。"水到哪里去了？"他问姚陆生。

巴里黄跟着也敲了下水管，然后瞪着眼睛问姚陆生。"姚，这是怎么回事？"他逼问道，"管子里怎么没水？耍我们呐，唱空城计呀？"

"下水道上的临时水栓也许因水压高被冲掉了，"韩江在一旁解释道。

"我才不信你的鬼话，"巴里黄打断韩江。他转向检察员问道，"纳尔逊先生，水栓被水冲掉的事可能吗？"

"黄先生，不仅可能，而且经常发生，"查克·纳尔逊镇定地回答道。"不信，我们下楼可以倒出水总出口处看看。"

大家随着检察员来到楼外的下水道坑边。水流早已停止了，坑内只剩下一摊积水。透过水面，可以看见水栓从水道总出口处脱落在坑底。

"纳尔逊先生，水栓难道那么容易被水冲掉？"巴里黄心怀疑虑地问道。

"黄先生，水栓脱落是水压太大造成的，"纳尔逊一边探身检查水坑，一边解释道。"为检查管道起见，所有管子都要灌满水。只有那样才能发现管子是否有漏水的地方。但从车库灌到楼顶，会给排水管造成很大的压力。"

巴里黄的疑心还是没有解除。

"在正常的情况下，"检察员继续解释道，"楼里的管道里，即使在开动所有浴室和抽水马桶的情况下，也不可能都灌满水。"

"但鬼知道他们在检查时有没有灌水！"巴里黄大声抱怨，两只小眼在姚陆生和韩江脸上扫来扫去。

"有没有灌水你可以问梦龙去，"韩江回答道，"是他告诉我们水从楼顶流下来后，我们才停止灌水的。"

"没有水在管子里，我怎么晓得漏不漏水？纳尔逊先生，我看我们得重新验工。"说着斜看了一眼韩江湿透的裤腿。

纳尔逊皱皱眉头，摇头说道，"黄先生，大可不必。如果漏水的话，你的房子早就会整个泡在水里啦。"听到这话，韩江不敢朝姚陆生看。

在他们一齐走进老房内的厨房后，纳尔逊坐到了粗木圆桌前。他从衣袋里掏出笔，在检验单上签下他的名字，承包的水管工程通过了检验。巴里黄气得一句话没说，转身走出了房门。

姚陆生谢过并送走检察员后,转身小声对韩江讲,"该离开这儿啦!"说完,他拿了几件工具,向门外走去。

韩江注意到姚陆生走路没有像以前那样沉重了。他暗自为朋友高兴。当他们收拾好工具坐进车时,阳光透过玻璃窗照了进来。姚陆生把车退到路口,开上了公路。一离开巴里黄公寓,他俩笑着互相看了对方一眼,并异口同声地说,"感谢主!"

韩江向姚陆生描述了他的历险记。姚陆生详细地问了一下漏水的部位和大小。他告诉韩江,他准备第二天抽时间到工地把漏管补好。

"还去工地?我还以为你再也不会沾那座房子的边了!"

"当然要去。反正我还有些杂七杂八的事要做," 姚陆生笑着讲,"验工通过后,巴里黄没有理由不付我们工钱了!"

第十五章 梦断魂劳

    四月的西雅图，春光明媚，风和日暖。四月底的一天晚上，韩江和艾琳应邀来到陆生两年前买的住所。这房子有两层高，四间卧房，车库内能容纳三辆车。房子周围的环境又清洁，又安静。从房子里的窗户可以看见远处的海湾。
    房前有一大片花圃，里面种满了各式色彩艳丽的鲜花，有金黄色的水仙花，深红色的杜鹃花，紫蓝色的风信子，还有五颜六色的郁金香。艾琳看着五彩缤纷的花朵赞不绝口。文兰从厨房的窗子看到韩江夫妇后，便来到门口迎接他们。
    "文兰，你真行"艾琳感叹道。"你哪来的时间种植花草？"艾琳的手上托着一盘她刚烤好的凤梨糕。
    "我很喜欢花，"文兰答道。"我们在院子后边还种了些蔬菜。别忘了，我在国内干了九年的农活儿。陆生嫌我种得不好。他说他难以想象我在农村是怎样喂饱自己的。"说着，文兰大笑起来。
    "嫌你种得不好，那就能者多劳呗！"艾琳插了一句。
    "陆生倒是很会干活儿，"文兰一边讲一边把客人让进屋里。
    "实际上，蔬菜主要是他种的。我爱花，他喜欢种菜。"看到儿子凯文拿着篮球正准备出去玩，文兰故意用英文讲，"凯文负责剪草。"
    "妈，别忘了，我刚刚剪过了草！"凯文听出母亲的口气。

"艾琳阿姨！韩叔叔！"凯文转头向客人打招呼。年仅十五岁的凯文长得比父亲高大、结实。他希望有一天能成为一位篮球明星。

"去告诉你爸爸，艾琳阿姨和韩叔叔来了。"文兰把站在身边高她一头的凯文支走。

"陆生下午又被叫去修水管了，刚刚回来，正在洗澡。"文兰一边看着上楼的儿子，一边讲道。

"艾琳阿姨、韩叔叔好！"穿着运动衫和短裤的珀丽从楼梯上走下来。珀丽十七岁，个头比文兰高。她像文兰一样苗条，清秀。韩江和艾琳曾开玩笑地对陆生夫妇说，孩子们知道选择最好的基因搭配。秋季，珀丽将到华盛顿大学学习。

"艾琳阿姨又带好吃的点心来了！"珀丽一边接过艾琳手里的糕点一边赞赏道。"这是我最爱吃的东西！我来把它放在冰箱里。"

韩江，艾琳和文兰一起跟着珀丽走进厨房。从窗户望出去，一片红色的晚霞正印在远处的海面上。

"妈，爸马上就下来，"凯文把头探进厨房。"我出去打几下篮球就回来。"刚一转身，就看见珀丽正在往冰箱里放糕点。

"我可以先吃一块吗？"凯文问道。

"凯文，打你的篮球去！"珀丽迅速地关上冰箱的门。

"凯文，点心要等吃完饭后再吃。"文兰在一旁讲。珀丽得意地向弟弟吐了一下舌头。凯文不服地冲姐姐做了个鬼脸。

"韩叔叔，你手里拿的是什么东西？"凯文边说边凑到韩江的身边。他比韩江高，一偏头便看清了韩江手上纸袋里的东西。

"一瓶红酒？韩叔叔想把我爸爸带坏呀？"

韩江笑着说，"偶尔喝一点不为过。特别是今天晚上，我们要好好地庆祝一下。"

"是不是读了今天的西雅图日报？"凯文问道。

"当然喽！"艾琳接过话。"广告出了那么多天，谁会错过这篇报道？"

"有两大篇有关巴里黄的文章呢！"凯文加重语气。"标题是：西雅图最缺德的房产主！还有那张从飞机上拍摄的照片。上面就是韩叔叔和我爸做工的那座楼！"

"幸亏他们也写了别的缺德的房产主，"艾琳插了一句，"不然的话，别人会想只有中国人才会像巴里黄那样缺德。"

"看到那篇报道登在头版头条，我很高兴。"文兰接过来讲。"特别是那张照他张嘴大喊的照片。"文兰的话声中流露出愤怒。

韩江开口道，"事情最后总算有了结论。谁想象得到，会有人做了这样透彻的调查并写出文章，把巴里黄揭露出来？难怪我和陆生在他手里吃了那么多苦，原来他是一个有名的恶霸！"

"想起来也怪，韩叔叔和我爸怎么那么有运气，"凯文插进话来。他边讲边装着要把手里的篮球投进炒菜锅里的样子。

"我是说给西雅图'最缺德'的房产主做工！"

"凯文，别在这儿捣乱！"文兰打断凯文的话。

"凯文，谁都知道'最缺德'是什么意思，"姚陆生走进厨房。他的头发还是湿的。

"去把球放起来，帮你姐姐把吃饭的桌子摆好。"

凯文看了看在餐桌上摆碗筷的珀丽。"珀丽摆得差不多了,这儿没我什么事了!"说完把篮球丢进洗衣房,转身进了客厅,顺手打开了电视。

姚陆生含笑摇了摇头。看到韩江和艾琳后便问道,"喝点什么?"

"我来烧水沏茶,"艾琳边讲边往壶里添水,并在四个杯子里放进文兰递给她的龙井茶叶。文兰往腰上系了一条围裙,拧开炒锅下面的炉火,准备炒菜。

姚陆生和韩江坐在厨房一端的桌子边上聊起天来。

"听文兰讲,你下午又出去做事了。"韩江开了口。

"巴里黄打来电话。运货的一辆卡车把草坪上的水管碰坏了。他叫我去估个价。"

"三个月前你已经通过了检验。他水管坏了和你有什么关系?"

"韩江,别急。这回他让运货的司机赔偿损失。"姚陆生慢慢地讲。"提到司机,韩江,你要在场就好了。巴里黄发现水管被车碰坏了,大发雷霆。他口口声声嚷着要到法庭去告司机。你猜那司机说什么?"

"他讲什么?"

"司机指着巴里黄的鼻子说,'我可知道你是谁!你不就是登在报上头版头条的那个西雅图'最缺德'的房产主吗!"

"他活该!"文兰边炒菜边插话。"欺人太甚!"大家继续聊着。没过多一会儿,文兰就把所有的菜炒好了。

姚陆生站起身把炒好的菜摆在桌上。韩江和艾琳在一旁帮忙。佳肴满桌:有油烹大虾,宫保鸡丁,红烧牛肉,豆豉排骨和冬菇白菜。凯文把一盆广东炒面从烤箱里拿了出来。珀丽站在炉子旁为大家盛汤。

"文兰，你们准备了这么多好菜！厨艺真棒！"艾琳吃惊地说。

"你每天工作八小时外，还要做家务，教育儿女。你真能干！"

"陆生帮了很多忙。实际上，红烧牛肉是他烧的。广东炒面也是他从巴里黄那儿回来后做的，"文兰笑着说。

大家围坐在饭桌前。向神谢过恩后，韩江举起手中的酒杯和艾琳一起转向姚陆生说道，"恭喜，恭喜！"

"恭喜什么？"凯文环视饭桌不解地问。

"爸是不是中了什么彩票？"

"你爸爸现在是西雅图北区的水暖检察员啦！"韩江为朋友找到这份工作而高兴。

"你怎么不早点告诉我们一声？"珀丽在一旁埋怨道。她装作不高兴的样子看着她父亲。

"你和妈还向我们保密啊！"

"我猜，准是妈的主意。"凯文伸手准备把广东面拨进自己的盘里。

"咱们家，妈说了算。"

韩江和艾琳不约而同地笑了起来。"凯文，那你听妈妈的话吗？"艾琳好奇地问道。"你看起来谁也不怕。"

"凯文！"文兰提醒儿子，"等面传到你的时候，再往自己盘子里拨。"说着，把面前的油烹大虾递给坐在身边的艾琳。

凯文把手缩了回去。

"我没说错吧。我们家，我妈说了算！"

"没告诉你们的原因是我们也是刚刚知道的。"文兰笑着解释道。

"'我们'意思是我妈她自己，"凯文小声对韩江说。

"爸,水暖检察员是干什么的？"珀丽好奇地问。

"检查水管的安装,看水管安装的是否合乎标准和规定。"姚陆生边说边把一盘红烧牛肉递给韩江。

"也就是说,你现在在区政府里上班了？"凯文插问。

"那你就不是老板了！"

"有固定收入,比什么都强。"文兰声音放低。

韩江知道文兰对巴里黄压榨他们的事心里一直不平。

"凯文,可别小看这个工作,"韩江接过话题。"我们大家都为你爸爸找到这份工作而高兴。他以后再也不需要给像巴里黄这样的人做工啦！"

"那太好了！"珀丽感叹道。

"陆生,你做了多少年水暖工？"艾琳好奇地问道。

姚陆生想了一下后说,"差不多十五年了。"

"噢,这么长时间了。那你是经验丰富的水暖工了！"艾琳讲。

"而且非常辛苦。"文兰插话道,"陆生岁数也不小了。"

"文兰,我们都不年轻啦！"韩江苦笑道。

"现在总算熬过来了。陆生的工作是很辛苦,需要技术和体力,还要对付像巴里黄这样的人。"

"别再提他了,"文兰说,"他真是太缺德啦！"

为了让文兰高兴起来,艾琳故意转了个话题。

"我有个好消息差点忘记告诉你们。韩江的一个短篇最近被一家文学杂志社发表了！"

大家一起转向韩江。"那太好啦！"文兰先开了口。"那真值得祝贺！"

韩江不以为然地笑着说:"其实没什么,只是个短篇发表在一个文学杂志上,也没有多少稿费。"

"那还是值得的，"文兰讲道。"这是一个好的开端。"

"发表东西是很不容易，"艾琳感叹地说。"试过多少次才有一篇发表。当然，韩江对稿费不满，"艾琳笑着说。

"五十块钱能养活我们吗？"韩江不服气地问道。

"提到养活我们的事，我还有一个好消息告诉你们，"艾琳接着说。"韩江昨天通过了佛雷·迈尔公司出纳员的训练和考核。下个星期就上班。虽然不是全工，但至少每小时有收入。"

姚陆生和文兰听后不知该说什么好。还是文兰先开了口，"现在找工作很难，能有机会做事，已经很不容易啦。"

"你还可以继续你的写作，"姚陆生在一旁鼓励道。"韩江，我们为你祷告。我想你会成功的！"

韩江充满谢意地望着他的朋友。

巴里黄焦急地看着手表，已经是下午三点了。三个小时过去了，还没有一个人来参加公馆的落成典礼。阳光灿烂的六月天，眨眼变得天昏地暗。不知从哪儿刮来了一阵西北风，卷走了草坪桌子上早已铺放好了的黑白格子桌布、纸盘和塑料杯。巴里黄精心布置的典礼一瞬间变成泡影。大风过后，公馆前的草坪像是片废墟。雷电交加的暴风雨接踵而来。草坪上的桌椅被风暴吹得东倒西歪，食品佳肴全都掉在泥水里。

"我请的那些人都到哪儿去啦？"巴里黄在雷雨中大喊着。站在雨水中，巴里黄像只落汤鸡。他回头望了望身后的公馆大楼，发现部分门窗还没有安装完毕。怪不得没人来参加落成典礼！

在电闪雷鸣的暴风骤雨中，红顶灰墙的大楼看起来像尊鹤立鸡群的丹顶鹤。随着雷声，整个楼身像是在抖动。在电光下，巴里黄仿佛看见丹顶鹤在向他眨眼。慢慢地，它开始站立起来。在它庞大的身躯下，巴里黄隐约看见三条细细的腿。它像头重脚轻的超重婴儿一样，一歪一斜地向巴里黄走来。

一、二、三

一、二、三

一、二、三地向巴里黄逼近。

巴里黄吓得魂不附体。庞然大物一步跨在了他的身上，他开始感觉到它的重量。它好像要坐下来，巴里黄被压得喘不过气来。

"救命啊！"

"救命啊！"

"救命啊！"他大喊着。

"巴里！巴里！半夜三更乱喊什么！"枕边传来罗莎的声音。她碰了碰丈夫。

"醒一醒。又做梦了。"

巴里黄被碰醒，他被这个噩梦吓出了一身的冷汗。

屋子里伸手不见五指。他睁眼看了一下床头柜上的夜明表，时间才三点钟。自从在华盛顿湖边盖公馆起，他就没少做噩梦。只是最近噩梦越做越离谱。这次最可怕。

巴里黄从床上爬起来，顺手披上那件已经卷了毛的灰色睡衣。他步履艰难地走进书房。拧开台灯后，他便一屁股坐进书桌前的旧转椅里。书房很窄小，墙上贴满了反映湖边公馆工程进度的彩色照片。正中的那张才照了没几天。墙角放着一台计算机和传真电话机。其余的空间几乎全部被灰、绿和黑色铁制档案柜所占。每个柜子和抽屉都上了锁。办公桌上除了一只闹钟外，什么也没有。

巴里黄用钥匙打开一个抽屉，取出一个本子和一支笔。

再过个把星期，公馆就会完工。楼内新铺的灰色地毯，花了他不少钱。他皱了皱眉头。整座公馆投资太大。但在工钱方面，他很上算。购料也不算亏。就拿买地毯来说，幸好他看见灰地毯上那块污点，否则商店经理说什么也不会给他折价的。巴里黄为此洋洋得意。

正得意的时候，他不知为什么忽然想到了最近调查他房地产经营的事。正当巴里黄集中精力装饰公馆时，有关他的专题报道上了报刊。西雅图市、区有关部门做出决定，要对他的经营进行调查。两个星期前，梦龙把刚从市、区办公室的通知书交给他。

那天晚上，梦龙过来找他。建议为避免市、区联合调查后被罚款或查封，他想用最快的速度和最低的费用对父亲所有的房地产进行一次突击性的表面维修。梦龙主动提出查看所有的房屋以估算维修费用。一个星期后，梦龙告诉他价码是五十万美元，维修可以在两个月内完工。

"五十万美元？"巴里黄难以相信他的耳朵。

"爹，实情是这样的，"梦龙边讲边把一叠计算机算好的数据交给他父亲看。

"你有近六十所房产，要通过最起码的检查，每所房都需要维修。我一个人维修是不可能的，特别是我们要快，要抢在检查的前面。五十万美元已经是非常保守的估算了。换了别人，都会讲这点钱根本不可能维修那么多房子。我可以负责购买材料。我可以做很多电工活儿，但要在短期内修补所有的房屋，我们必须雇木匠、油漆工和水暖工。我准备雇姚陆生把咱们那些有严重问题的水管好好修理一下，雇他再便宜不过了！"

巴里黄听到姚陆生的名字先是眉头一皱，但他知道儿子是对的，也就没说什么。雇姚陆生不仅工钱少，也容易对付。头痛的是姚的那位助手。每次他训斥姚陆生时，姚的助手就和他顶嘴，像当年振振有词的红卫兵！

巴里黄忘不了他和韩江吵架的那一幕。那件事使他想起他的三叔和那些被他在"文革"时整过的人。想起"文革"，巴里黄有些后怕。梦龙年纪轻，就让他对付那些人去吧！

梦龙无法猜测到父亲的心态变化。他继续劝说父亲拿出钱维修房屋以避免罚款。他劝告父亲，维修通过检查后，所有的房地产可继续不断地赚钱赢利。那笔五十万美元的维修费，是货真价实的'一本万利，'很快就可以赚回来。

巴里黄仔细研究了梦龙算出的数据，并指出可以省钱的地方。总的来讲，梦龙的估算不太离谱，估算里也没打进给自己的工钱。巴里黄知道儿子可以独当一面，承担这项任务。他特别欣慰的是，儿子对家产有责任感了。他想也许梦龙已悟出早晚有一天他会继承相当一部分家产的。

想到这里，巴里黄的眼光停在手里的笔记本上。梦龙在关键时刻出主意想办法，主动承担重任，替他解了愁。把维修的事交给梦龙去管，他便可以把注意力转回到装修他心爱的湖边公馆上。公馆里的每间卧室都需要家具，又好又便宜的那种。问题出在罗莎身上，她也想要最好的，但巴里黄不相信她能买到上算的东西。他准备和她一道出去看家具。家具买好后，他要亲自监督把家具完好无损地搬进公馆，放到他早已想好的地方。不管是谁擦碰了他的门、墙或是任何地方，他会和他们算账的。

三个星期足够做这些事了，巴里黄心里盘算着。到那时，他就可以着手准备落成典礼。为着典礼，巴里黄还特意买了一套贵重的餐具和酒具。到时候，他准备雇西雅图最负盛名的中国皇宫酒家来办理酒席。他心里早就点好了名酒名菜，他要不惜代价把宴会搞得隆重，好让所有参加典礼的人都晓得他巴里黄是个有钱的大亨。

巴里黄还计划雇一位职业摄影师。他打算把公馆落成典礼和宴会的照片给国内亲戚和旧友寄回去，好让他们知道，他巴里黄，过去的穷小子，现在在美国发了横财。

但请谁来赴宴呢？给哪些亲戚、旧友寄照片呢？这些问题自公馆快要竣工以来就一直萦绕在巴里黄的脑子里。

"请你的房地产经纪人艾瑞克·李怎样？"罗莎帮着出主意。

"那龟孙子自从报上登了我两篇文章后，见着我就像耗子见了猫！"巴里黄一提起他的房地产经纪人，气就不打一处来。

"请他不如到街上拉条狗！"

那几篇报道对他生意的影响实在太坏。他注意到，平时和他谈生意的那些人，都在变着法儿地找借口躲着他。就连那个名叫马丁·林的兔崽子也躲着他。那小子从香港刚来西雅图时，从他那里学了不少经营房地产的诀窍。现在可好，他自己飞黄腾达起来，连巴里黄打进的电话都懒得接了。

"你至少可以邀请和你原来在餐馆一起打工的好友维克托·王嘛！"这是罗莎最后的建议。

"什么？花钱请那个叫花子？他现在靠救济金生活了。老掉牙喽，要他来做什么？况且，他哪是我的什么好友。开玩笑！我们只是在同一个餐馆做过工而已。"

巴里黄边说边琢磨着请餐馆旧友赴宴的利弊。他巴不得在旧友面前显示他富丽堂皇的公馆，但又担心旧友的穷酸样会在别人面前丢他的丑。

"罗莎,你可以把华盛顿大学的那些朋友请来吗?"一天下午,巴里黄问他太太。他这些天一直为这事发愁。

"你真健忘,巴里,"罗莎答道,"除了艾琳丝·任,我早就和他们失去联系了。我可以邀请她,只怕她忙没空来。"

听罗莎提起她那位朋友,巴里黄心里就有气。艾琳丝和罗莎都是从上海来的。她俩来华大前彼此并不认识,但碰在一起后,便很快成了无话不谈的知己。巴里黄知道罗莎一不高兴就找艾琳丝报怨。艾琳丝一有机会就讽刺他,说些风凉话。但她总是乐意随罗莎到他家来聊天。自从巴里黄被登报后,艾琳丝连他们家都不来了,反倒是罗莎去她家聊天。

电话铃突然响了起来。巴里黄抬头看看桌上的表,时间是早上四点十分。罗莎动作快,铃响第二声,她便接起电话。大概又是什么人打错了电话,巴里黄暗自想着。或是哪位吃饱了没事干作的恶作剧。

"巴里!巴里!"罗莎披着她那件粉白两色的绒线睡衣,一边喊一边推开了书房的门。

"梦龙从西雅图机场来电话!"

巴里黄本能地转向身后的传真电话机,一把抓起电话。可对方的电话已挂上了。

"怎么搞的,他把电话挂了!我明明让他等一下,你好和他说几句话。" 说着,罗莎开始掉眼泪。巴里黄瞪着眼不耐烦地看着罗莎,他的心开始剧烈地跳动起来。

"梦龙说他和梦霞回中国去了!坐的是东方航空公司的飞机,四点十五分起飞。"罗莎边说边看桌上的钟。钟上显示的时间是四点十三分。

回中国去了?巴里黄一下愣在那里。一想到那笔他最近拨给梦龙的五十万美金的维修费,他突然感到头晕目眩,胸口一阵绞痛。他好像听到罗莎在喊他的名字，但眼前一黑，他什么也不知道了。

　　三个星期后，巴里黄勉强开着那辆旧车来到湖边公馆。当年的老房现在已是铺盖着石子的车道。公馆门前两侧摆着两个大瓷花盆，里面栽有他所不喜爱的紫红色花，显然是罗莎在他得病期间买的。下车后，巴里黄顺着车道走到公馆靠湖的一面。举目向前看，眼前是一片绿油油的草坪直达用花岗石围砌的湖边地界。花岗石的那一边便是西晒耀眼的湖面。

　　巴里黄无力地向湖边走去。花岗石围砌的湖边地界，使他想起当初在这儿为收到罚款单的事训斥梦龙的情景。转身朝红瓦顶的公馆大楼望去，透过窗子，巴里黄注意到新装好的窗帘，一看就知道是定做的，那一定是花钱如水的罗莎背着他买的。

　　巴里黄要发火，但转念一想，如果他真的死了，留下这么多钱，房地产给谁？儿女都走了，只剩下他和罗莎相依为命。想到这儿，气消了一半。不管怎么说，罗莎在他得病期间独撑一面，把装修公馆和维修房地产的事全揽了下来。这女人本事不小，巴里黄暗自赞叹。

　　从湖边向回走的路上，巴里黄注意到一处黑色的塑胶喷水管。这使他想起几个星期前叫姚陆生修水管的事情。他弯腰仔细地查看，查不出什么破绽。修好的水管像新的一样完好无损。他好像记起还没有付给姚陆生工钱。事隔这么久，人家也没来讨债。想到这儿，巴里黄三步并作两步地走到车前，打开车门，从他的旧公文包掏出支票本和笔，匆忙给姚陆生开了张支票。

读者反馈

- 小说用细腻的笔触塑造了三个性格迥异的人物形象。他们为了能够在美国生存下去，各自"努力"着。但由于价值观的不同，淋漓尽致呈现出"仁义"与"利己"的天壤之别，也引发我们对人性善恶的沉思。这点无关国别。当今世风日下、无病呻吟、功利十足的小说比比皆是，不屑一顾，或者读后便忘。白居易"文章合为时而作，歌诗合为事而作"，触及读者灵魂深处，引发共鸣的文章才能叩起良心这道大门。

----- 贵州

- 《离乡人》写得很好。虽然是20多年前写的，但故事一点不过时，很吸引人。只是这种小说只有我们这代人才能真正读懂吧。好书！

----- 北京

- 总算看完了，佩服你的观察力和心里描述的细微。以前只知道你擅长讲故事，现在知道了你还擅长写小说啦。

----- 福州

- 生命的长河中20年不算短，人生经历自然会丰富许多，对人物的刻画也许会更加丰满、对事物的理解更加深刻～但是20年前有激情的创作一定是最生动真实的。

----- 纽约

- 在手机上看了一遍，我非常喜欢你这部小说，与其让几部巨作，我更喜欢小说形式的。可见你用了许多心和时间。祝贺，期待以后慢慢欣赏。

----- 西雅图

- 刚刚看完第四章，自传式的小说娓娓道出离乡人的故事，引人入胜……

----- 洛杉矶

- 说心里话，国内出版社不会感兴趣。我个人认为，如果要出中文版的话，可要慎重考虑为好！

----- 北京

- 这两天我几乎一口气看完了你的《离乡人》。小说中三名人物的经历有其典型性又有其特殊性。例如冒死偷越国境，摒弃家庭叛逃，清贫苦读在异乡都是非常典型的。但在你笔下的三名人物虽然都从小历经坎坷磨难，性格，人品，信仰和价值观却迥然不同。小说内容丰富，描写生动，情节扣人心弦，书中人物栩栩如生。对我们这些离乡人来说，谁都会和我一样心起共鸣，感慨万分的。

----- 洛杉矶

- 《离乡人》写得太好了，写出了你们那代人的精华。让我知道了时代的变迁，给上一代人带来的各种灾难。知道了生活的各种不易，特别是远在他乡更是困难种种。之前所受的苦都是为美好的将来铺垫的，只有先苦过才知道甜。

------ 黄石

作者简介

一九八三年毕业于北京第二外国语学院英语系。后赴英国基尔大学进修美国文学（the University of Keele），八五年获硕士学位。八七年来美国马里兰大学进修美国研究专业（the University of Maryland at College Park），九三年获博士学位。九五年从东岸移居西雅图，九六年到二零一六在美国华盛顿大学法学院图书馆工作，现已退休。其间从事中、英文写作。作品除传记散文集《紫藤簃》《五零后的回眸》《半句多》外，著有长篇小说《离乡人》（英文《Expatriates》），英文短篇小说集《Trojan Rooster》（国府百鸡战）。其中两篇获一九九九年 Pushcart Prize 提名。发表的作品有：

英文作品：

"Colonel Ma's Father," the Winter 1996 issue of Folio: A literary Journal。"马团长的父亲，"《富丽欧文学》1996 年冬季刊

"The Balcony," the 13th Anniversary 1996 (Vol.30 Nos. 2-3) issue of Wisconsin Review。"阳台，"《威斯康星文学》1996 年 13 周年刊

"The Birds & Bees in Beijing," the Spring 1999 (No. 10) issue of The Armchair Aesthete。"北京少年之烦恼"《扶手

椅上的美学家》 1999年春季刊

"The Bridge," the April 1999 (Vol.5 No.4) issue of Timber Creek Review。"桥,"《林边小溪文学》1999年4月刊

"Flight," the June 18, 1999 (No.2615) issue of Christian Courier, also accepted by The Banner。"泅渡越境,"《基督信使》1999年6月28日刊

"Chimeras," the Summer 1999 (Vol.4 No.1) issue of Kimera: A Journal of Fine Writing, nominated for the 1999 Pushcart Prize, also accepted by Michigan Quarterly Review and Baltimore Review

"梦幻,"《朦胧文学》1999年夏季刊

"Defection," the September 1999 (Vol.19 No.2) issue of Words of Wisdom。"叛逃,"《智慧的语言》1999年9月刊

"The Jaundice Ward," the Fall 1999 (Vol.4 No.1) issue of Five Points: A Journal of Literature & Arts。"肝炎病房,"《五点文学》1999年秋季刊

"Chicken Blood Therapy," the Winter 1999 (Vol.6 No.2) issue of Pangolin Papers, also nominated for the 1999 Pushcart Prize. Published as a reprint in the Spring 2000 (No.15) issue of The Edge City Review,"鸡血疗法,"《攀格林文学》1999年冬季刊,再版《城垣文学》2000年春季刊

"Boomerang," the March 2000 (No. 18) issue of The Long Story "梦断魂劳,"《中篇小说》2000年3月刊

"Inspection," the Winter 2001 (Vol.1 No.9) issue of Red Rock Review。"验工,"《红磐石文学》2001年冬季刊

"Trojan Rooster," the Fall 2002 (Nos. 55-56) issue of The Minnesota Review。"国府百鸡战,"《明尼苏达文学》2002年秋季刊

中文作品：

＜国府百鸡战＞《世界日报》小说世界中文版 2001 年 9 月 29 日版

＜我们还在等什么呢？＞《神国杂志》第 4 期 2006 年 5 月

＜我们岂可掉头而去？＞《举目》第 22 期 2006 年 5 月

＜再拓新路——扶贫助教反思＞《举目》第 30 期 2008 年 3 月

＜扶贫宣教勇士、"赈灾王"—邬小鹤牧师＞《举目》第 32 期 2008 年 7 月

＜与忧伤人为邻舍＞入选《神国杂志》第 14 期的圣诞专刊 2008 年，亦将收录于《人生补羹》第六集

＜无声的侍奉＞《生命季刊》第 12 卷第 3 期 2008 年 10 月

＜紫藤簃下含笑花＞，《传记文学》，第 644 期（2016 年 1 月号）

＜一夜狂风满地春＞，《传记文学》，第 644 期（2016 年 1 月号）

＜露淨风疏远思醒＞，《传记文学》，第 645 期（2016 年 2 月号）

＜自别故园几经秋＞，《传记文学》，第 646 期（2016 年 3 月号）

＜暮春归梦杜鹃魂＞，《文学台湾》，第 99 期（2016 秋季号）

＜遗宅旋悲竹马居＞，《台湾风物》，第 67 卷（2017 年 3 月 31 日）

＜一家眷属群芬谱＞，《台湾文献》，第 68 卷 2 期（2017 年 6 月）

＜同是天涯沦落人＞，《台湾文献》，第 68 卷 2 期（2017 年 6 月）

《紫藤簃》(林本源家族训眉记纪事散文) 人民东方出版

社 2017 https://www.amazon.cn/dp/B0791VS1NH 英文书名：Wisteria

《五零后的回眸》上、下卷（自传散文集）美国南方出版社 2018

英文书名：Generation Mao: a Memoir Volume 1 & 2
https://www.amazon.com/Generation-Mao-Memoir-1-Chinese/dp/1683721535

https://www.amazon.com/Generation-Mao-Memoir-2-Chinese/dp/1683721594

《半句多》美国南方出版社2019。

英文书名：Speaking UP http://www.dwpcbooks.com/product/html/?241.html

《Expatriates》美国南方出版社2019。http://www.dwpcbooks.com/product/html/?248.html

CPSIA information can be obtained
at www.ICGtesting.com
Printed in the USA
FFHW020028240919
55156426-60900FF